Erich Romberg

Mystische Geschichten in und über Irland
Über die Geschichten in den Geschichten

Vol. 1

Widmung

The Art

Storytelling is an intimate and interactive art. A storyteller tells from memory rather than reading from a book. A tale is not just the spoken equivalent of a literary short story. It has no set text, but is endlessly re-created in the telling. The listener is an essential part of the storytelling process. For stories to live, they need the hearts, minds and ears of listeners. Without the listener there is no story.

www.storytellersofireland.org

Erich Romberg

Mystische Geschichten in und über Irland
Über die Geschichten in den Geschichten

Vol. 1

Dort, wo der Himmel das Land berührt

Impressum

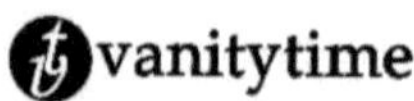 vanitytime

© 2024 Erich Romberg
Covergrafik von: Freepik

Druck und Distribution im Auftrag des Autors:
tredition GmbH, Heinz-Beusen-Stieg 5, 22926
Ahrensburg, Germany

ISBN
Paperback   978-3-384-11705-2
Hardcover   978-3-384-11706-9
E-Book   978-3-384-11707-6

E-Mail: storyteller@vanitytime.de

Inhaltsverzeichnis

Vorwort

Ab 1993 lebte der Erzähler etwa 10 Jahre in
Kiltimagh, einer kleinen Stadt im Westen Irlands.
Das ist auch der Zeitraum, in dem die Geschichten
der geplanten Buchreihe erzählt werden. Das
vorliegende Buch ist das erste dieser Reihe und es
ist keine Erzählung über sein Leben in Irland, auch
wenn einige Episoden an realen Orten spielen, aber
in der Regel einen fiktiven Inhalt haben. Man kann
diese Zeit als Brücke zwischen dem alten und dem
modernen Irland sehen. Das moderne Irland ist
nicht unbedingt schlechter, in vielen Dingen sogar
besser als das alte. Aber es ist vor allem anders. Er
hat Irland in dieser Übergangszeit kennen gelernt.
Viel hatte er über das alte Irland gehört. Dieses
alte, von Armut geprägte Irland spiegelt sich wohl
eher in Heinrich Bölls ‚Irischem Tagebuch‘ von
1957 - aus deutscher Sicht - oder aus irischer Sicht
in ‚Angela 's Ashes‘ des irisch-amerikanischen
Autors Frank McCourt von 1996. Zu seiner Zeit
war das Land bereits Mitglied der EU und auf dem
Weg zum Wirtschaftswunderland der 90er Jahre.
Der Begriff ‚keltischer Tiger‘ wurde geprägt und in
den Köpfen der Menschen entwickelte sich die
Vorstellung von unbegrenztem Wachstum. Einen
ersten Dämpfer erlebten die Menschen mit dem
Absturz der Telekom-Aktie 2001. Viele hatten

Häuser, Grundstücke und Immobilien verkauft, die sie jahrelang wie Sauerbier zu Dumpingpreisen angeboten hatten. Ein bis dahin unbekannter Bauboom ließ den Wert ihrer Immobilien explodieren und spülte Geld in die Kassen der ehemals Armen. Viele witterten enorme Renditemöglichkeiten im Kauf von Telekom-Aktien. Sie verkauften ihr Land unter Wert, um für das große Glück liquide zu sein. Viele fielen zurück in die Armut, aus der sie gekommen waren. Nur besaßen sie jetzt kein Land mehr. Familien und Freundschaften zerbrachen. Das hatte er persönlich miterleben müssen. Er ist also weit davon entfernt, dieses Land zu romantisieren. Mit der weltweiten Wirtschafts- und Finanzkrise 2008 kam die Erfahrung der Endlichkeit endgültig zurück. Zu diesem Zeitpunkt lebte er nicht mehr in Irland, aber natürlich besuchte er ab und zu seine alte Heimatstadt Kiltimagh. Der Traum vom Wohlstand ist für viele ausgeträumt.

In seinen Geschichten vermischt der Erzähler Realität und Fiktion. Es geht ihm um das traditionelle Geschichtenerzählen aus alten Zeiten in diesem bemerkenswerten Land. Die Geschichten, die er hier aufschreibt, sind unter anderem in seiner Zeit in Irland entstanden. Ursprünglich dachte er nicht daran, sie zu veröffentlichen. Es war die reine Lust am

Erzählen, die ihn dazu brachte, sie aufzuschreiben.
Die Idee entstand bei einem Erzählfestival in seiner
Heimatstadt Kiltimagh, das einmal im Jahr
stattfand. Die Zeit der Geschichtenerzähler war
eigentlich vorbei, längst hatte das Fernsehen die
Funktion der Unterhaltung übernommen,
Smartphones mussten erst noch erfunden werden.
Aber einmal im Jahr lebte diese Tradition wieder
auf. Die Geschichtenerzähler zogen von Ort zu Ort,
um ihre Kunst zu präsentieren und ihr Können
unter Beweis zu stellen. Der Erzähler bedauert es
ein wenig, die Tradition der Geschichtenerzähler
nicht mehr richtig miterlebt zu haben. Aber er hat
viel von irischen Freunden gehört, die noch mit
dieser Tradition aufgewachsen sind. Vor allem an
den langen Winterabenden traf man sich in den
Pubs, um den Geschichtenerzählern zu lauschen,
die es fast in jedem Dorf gab. Nicht selten zogen
sich die Geschichten über mehrere Abende hin.
Viele konnten den nächsten Abend kaum erwarten,
um am knisternden Torffeuer der Fortsetzung einer
Geschichte vom Vorabend zu lauschen. Die
Erzähler waren die Medien der Vergangenheit. Oft
begannen die Geschichten mit „Zu Großvaters
Zeiten...“. Nicht selten reichten die Geschichten
weit in die Vergangenheit zurück und handelten
von Ereignissen, die sich angeblich vor
Generationen zugetragen hatten. Wahres und

Geheimnisvolles wechselten sich ab. Fast immer hatten die wahren Geschichten auch ein Geheimnis. Nirgendwo hat er den Glauben an das Übernatürliche so lebendig erlebt wie in Irland. In Gesprächen mit Freunden hörte er oft von Geistererscheinungen, die mit einer solchen Ernsthaftigkeit erzählt wurden, dass man kaum an der Wahrheit der Erlebnisse zweifeln konnte. Auch wenn er bei weniger ernsthaften Erzählungen oft den Verdacht hatte, dass man ihn auf den Arm nehme, ist er jetzt überzeugt, dass die Menschen in Irland mit solchen Dingen wirklich nicht scherzen. Vielleicht kann man das daran ermessen, dass die Berücksichtigung von Elfengebieten Teil der irischen Straßen- und Bauplanung war. Man verhielt sich so, dass man es sich mit den Elfen nicht verscherzte. In Irland nahm man auf sie Rücksicht, und auch wenn man als Nicht-Ire in Irland bauen wollte, war es ratsam, dies zu tun. Der Glaube an das Übernatürliche war in Irland tief verwurzelt. So war es nur natürlich, dass er sich auch in den Geschichten der Iren widerspiegelte. Wenn man also Geschichten in oder über Irland erzählt, dann sollten sie neben dem Alltäglichen auch eine mehr oder weniger große Portion Mystik enthalten. Am besten, man lässt sich von der Magie der Geschichten, die in Irland erzählt werden, anstecken. Nicht alles im Leben lässt sich

mit Logik erfassen, so wie sich auch Geschehnisse
im Nachhinein nicht immer eindeutig mit dem so
genannten „gesunden Menschenverstand" erklären
lassen. Eine irische Geschichte hat am besten
beides, das Natürliche und das Mystische. Es ist
dann dem Leser überlassen, welche Interpretation
er zulässt. Den Erzähler selbst fesseln mystische
Deutungen von Geschichten weitaus mehr als die
banale Realität, von der man im Alltag genug hat.
In seiner irischen Zeit gab es in seiner kleinen Stadt
noch zwei Pubs, in denen diese Tradition des
Geschichtenerzählens - zumindest zeitweise -
gepflegt wurde. In diesen Pubs ereigneten sich
manchmal auch die Geschichten des Erzählers
selbst. Besonders in Erinnerung geblieben ist ihm
Joyce`s Bar, in der flackernde Torffeuer immer
wieder zum Erzählen animierten. Die
unvergessliche alte Landlady Anne Joe hat einen
festen Platz in der Erinnerung des Erzählers, sie ist
einige Male Protagonistin in den Erzählungen. Als
sie starb, konnte er sich noch von ihr
verabschieden. Sie starb mit ihrem typischen
Lächeln und den Worten:
„Ich gehe jetzt nach Hause."
Vor etwa drei Jahren erinnerte sich jemand - ins
Deutsche übersetzt - in etwa so an Joyce's Bar:
„JOYCE'S war unsere „Feenfestung", immer lag
Magie in der Luft, von der Dämmerung bis zum

Morgengrauen, Seelennahrung ... lange Geschichten und Märchen, meine Vision vom Himmel...". Besser kann man es nicht ausdrücken. Die Geschichten beginnen mit einem Gedicht über Kiltimagh. Hier hat er das Erzählen gelernt. Er versucht dem Leser die selbst gefühlte Atmosphäre zu vermitteln, wenn man mit Freunden um ein knisterndes Torffeuer sitzt und jemand eine dieser Geschichten erzählt, wie sie Irland in so großer Zahl hervorgebracht hat.

Die erste Geschichte in diesem Band entsteht in einem seiner beiden Lieblingspubs, Lil's Bar, an einem knisternden Torffeuer. Wo sonst? Als einzigem Gast zu dieser Tageszeit wird dem Erzähler gestattet, eine Geschichte am Stammtisch zu schreiben. Es entsteht die Titelgeschichte. Sie handelt von einer seltsamen Begegnung mit einem alten Mann, der einen ebenso seltsamen Wunsch äußert. Dem aufmerksamen Leser wird nicht entgehen, dass der Erzähler sich selbst begegnet. Als er die Geschichte abgeschlossen hat, hat sich das Pub mit Gästen weiter gefüllt und die Stammtischfreunde laden ihn ein, weiter am Stammtisch zu bleiben, um die niedergeschriebene Geschichte zu erzählen. Im Anschluss diskutieren die Männer am Stammtisch und erraten schnell die Bedeutung der Geschichte. Da ihnen die Geschichte gefallen hat, fragen sie den Erzähler, ob

er weitere Geschichten erzählen kann. Er erzählt
die zweite Geschichte über einen seltsamen
Feuervogel, der zu Beginn der Zeit das gesamte
Bewusstsein der Welt in sich trägt.
Die Idee zur nächsten Geschichte entstand in
Joyce's Bar, an einem der Tage eines
Erzählfestivals, dem ersten des Erzählers in diesem
Land. Auch die Geschichte von Saóirse und Méabh
beginnt an einem Wochenende während eines
Storyteller-Wettbewerbs. Sie erzählt vom
Nomadenmädchen Saóirse, das gerade sechzehn
Jahre alt geworden ist. Sie darf am ersten Tag des
Festivals zum ersten Mal unbegleitet Erfahrungen
in der kleinen Stadt Kiltimagh sammeln. Es wird
eine Zeit voller Geschichten, und Saóirse lernt die
Liebe kennen. Über all dem wacht die weise alte
Méabh, die dem Mädchen den Rat gibt, nur auf ihr
Herz zu hören. Das ist nicht so einfach und
infolgedessen trifft sie am Ende eine schwere und
schmerzliche Entscheidung
Der Erzähler spricht aus der Perspektive von
Saóirse, die von Méabh so ausgestattet wird, dass
sie nicht als Nomadenmädchen erkannt wird.
In Irland nennt man die Nomaden Tinker oder
Traveller, das fahrende Volk. Die Nomaden selbst
bevorzugen die Bezeichnung Traveller und nennen
sich Pavee. Die Pavee sind ethnisch selbst Iren und
wurden historisch durch sozioökonomische

Prozesse von der Mehrheitsbevölkerung
abgespalten. In der Zeit vor den modernen Medien
spielten sie eine wichtige Rolle bei der Verbreitung
von Nachrichten, Geschichten und Musik. Auch
der Irish Folk geht zu einem großen Teil auf sie
zurück. Ohne sie wäre die irische Kultur nicht das,
was sie heute ist.

Die Pavee lebten in großen Familienverbänden,
meist in Wagenburgen. In der irischen Gesellschaft
gab es tiefe Vorurteile gegen diesen Teil ihres
Volkes. Die kleine Episode in einem Laden aus der
Sicht Saóirses zu Beginn der Erzählung hat der
Erzähler auch so erlebt, nur dass er auf der anderen
Seite stand, in diesem Laden.

Die alte Méabh ist die Big Mama in ihrem
Familienverband und war auch bei den anderen
Familien der Pavees hoch angesehen. Nicht nur für
Saóirse war sie ein absolutes Vorbild. Man nennt
sie die ‚alte Méabh‘, wobei ‚alt‘ weniger ihre
Lebensjahre als vielmehr ihre Weisheit meint. Ihre
Autorität beruht nicht auf Strenge, sondern auf
ihrer gütigen Weisheit.

In der vierten Geschichte fährt ein übermüdeter
Autofahrer über die teils engen Straßen in Richtung
Westen nach Galway. Da er einzuschlafen droht
verlässt er die Straße um auszuruhen. In der
Dunkelheit klopft jemand an die Heckscheibe und
bittet im akzentfreien Deutsch darum, mitfahren zu

dürfen. Während der Fahrt erkennt er in dem Zugestiegenen einen ehemaligen besten Jugendfreund, und es beginnt eine Zeitreise zurück in eine verdrängte Vergangenheit.

Die fünfte und letzte Erzählung schließlich handelt von einem Geschichtenerzähler, der das Erzählen verlernt hat.

Er verbringt eine Nacht im früheren Joyce's und findet sich unversehens in die Rolle eines Scharfrichters genötigt. Wie durch Zauberhand findet er seine Fähigkeit zum Geschichtenerzählen wieder. Warten wir ab, wie viel Mystik und Magie wirklich darin steckt.

Schlafende Kleinstadt (Lyrik)

Schlafend liegst du
Kleinstadt,
so wie in grauer Zeit.
Deine Helden
sind nie gestorben,
geboren wurden sie
schon lange nicht mehr.

Der Mut deiner Ahnen
liegt in der Unveränderlichkeit.
Selbst die Bewegungen
stehen eingefroren in den Straßen.

Die Stoßwelle der Zeit
ist über dich hinweggerollt,
das dritte Jahrtausend
findet anderswo statt.

Nur der Zeitreisende
sieht den Tiefschlaf weichen,
das Schwanken des Traumfloßes
im Sturme des Zeitengewitters.

Altruistisches Zeithexagramm (Figuren Lyrik)

Zeit
um noch zu bleiben
und beizeiten fort zu gehen.
Zeit ist Leben, Lieben, Lachen und Leiden,
fließendes Leben, entstehend, vergehend,
verwehend und fort bis ans Ende von Zeit.
Ewig neu gebärende, sonnendurchflutete,
die Lebenslust verlachende Unendlichkeit.
Lebe, Liebe, Lache und Leide
um zu verweilen in der
Zeit.

Blick in die Zukunft

Es war ein regnerischer Sonntagmorgen und ich saß in Lil's Bar. Außer Vera, Tom und mir war niemand hier. Vera mochte etwa Mitte siebzig sein, ihr Bruder vielleicht ein Jahr älter, ich hatte sie nie danach gefragt. Als hätte ich eine Vorahnung gehabt, hatte ich meine Schreibutensilien dabei. Ich bestellte ein Pint Guinness und erzählte Vera, dass ich Lust hätte, eine Geschichte zu schreiben. Geschichten prägen dieses Land und die Menschen hier lieben es, Geschichten zu hören und zu erzählen. Sie lachen über die lustigen, werden ernst bei den nachdenklichen und gruseln sich bei den schaurigen. Geschichtenerzählen ist eine ernste Angelegenheit, die Spaß macht. So war es nur folgerichtig, dass Vera gleich mit der Zeremonie begann und ein Torffeuer im Kamin entfachte. Tatsächlich verbreitete das flackernde und knisternde Feuer eine Atmosphäre, die mein Schreiben anregte. Ich durfte den Platz am Feuer einnehmen, der eigentlich für besondere Gäste reserviert war und in deren Abwesenheit leer blieb. Es war also eine Ehre, hier sitzen zu dürfen. Es gab nur eine Bedingung: In etwa zwei Stunden würden die Stammgäste kommen, dann müsse ich mir einen anderen Tisch nehmen. Tom gehörte eigentlich auch dazu, aber er saß lieber an oder

hinter der Theke, wenn die anderen nicht da waren.
Er nickte nur zustimmend, als Vera das Bier auf
den heiligen Tisch stellte. Meine Geschichte durfte
also nicht zu lang werden, denn ich erwartete, sie
erzählen zu müssen. Da ich sie auf Deutsch schrieb,
machte ich mir ein paar Notizen in Englisch am
Rand. Ich hatte neben einem Deutsch-Englisch
Wörterbuch auch immer ein Englisch-Irisches
dabei, weil ich hin und wieder irische Begriffe
benutzte - Smartphones gab es damals noch nicht.
Mir war da noch nicht bewusst, dass das irische
Wörterbuch für diese Geschichte so wichtig werden
würde.
Ich wusste nie, was ich schreiben würde, wenn ich
mich hinsetzte. Also begann ich mit einem
Spaziergang von Cultrasna, dem Stadtteil, in dem
ich damals wohnte, den oft begangenen Weg
hinunter zum Fluss Glore, natürlich mit meinem
Hund. Damit etwas passieren konnte, musste ich
jemanden treffen. Im Laufe der Geschichte wurde
mir klar, dass ich einen passenden Namen für
meine Begegnung aus dem Wörterbuch
heraussuchen musste.

Dort, wo der Himmel das Land berührt

Die Nacht ist klar und kalt. Fühlbar hat sich
Stille über das Land gelegt, nur Leos vertrautes
Hecheln durchbricht sie. Er sucht meine Nähe
und manchmal spüre ich seinen Körper an
meinem Bein. Die Sterne des Universums
erfüllen heute eine ganz private Aufgabe; ich
weiß, dass sie heute nur für Leo und mich dort
oben leuchten. Verstreut liegen Häuser und
Hütten, von einem ästhetischen Gott in die
Landschaft gemalt. Den Blick noch in das Licht
der Unendlichkeit gerichtet tragen mich meine
Schritte weiter. In der Nacht lässt der Weg
hinunter zum Glore River tausend Dinge in mir
entstehen und vergessen; deshalb liebe ich diese
späten Spaziergänge.

Plötzlich steht da ein altes, verschrumpeltes
Männlein. Begegnungen zu solch später Stunde
sind hier selten.

„Ich habe dich erwartet, wie geht es dir? "
spricht es mich an. Eine seltsame Begrüßung;
ich kenne es nicht.

„Nicht schlecht", antworte ich überrumpelt und
versuche mich zu erinnern, falls es etwas zu
erinnern gibt.

„Es ist schon spät, der Fluss da unten wartet auf
uns", fährt es fort.

„Die Glore?", frage ich überflüssigerweise. Das Männlein verharrt eine Weile, dann sagt es:

„Ja, ja, mein Fluss, unser Fluss."

Ich habe mich gefangen und sage, dass ich mich nicht an ihn erinnere.

„Ich bin, wer ich bin - Támé tú Féin."

Seltsame Worte und ein seltsamer Name, ich weiß, dass ich ihn noch nie gehört habe. Ich frage ihn, wo er wohnt.

„Dort, wo der Himmel das Land berührt", spricht der Alte mehr zu sich selbst als zu mir.

Er scheint es zu lieben, vage zu bleiben und deutet mit seinem knochigen Finger auf Leo:

„Das ist ein netter Hund."

Als hätte Leo ihn verstanden, schmiegt er sich an ihn. Er scheint den Alten zu mögen, denn diese Zutraulichkeit zu Fremden ist ungewöhnlich für ihn. Der Alte tätschelt seinen Kopf. Wir reden über meinen Hund, über das Wetter in dieser Gegend und über diese schöne Nacht. Dann blitzen mich die Augen des Alten mit einem Feuer an, das selbst das Leuchten der Sterne zu übertreffen scheint.

„Wir begegnen uns, weil wir für eine kleine Weile die Zeit zwischen uns überwunden haben", sagt er geheimnisvoll, „wir müssen sie nutzen, indem du mir einen kleinen Gefallen tust, der auch dir nützt."

Dieses geheimnisvolle Rätselspiel beginnt mir zu gefallen, oder ist es gar kein Spiel? Ich frage vorsichtig, ob ich dazu in der Lage wäre.

„Ganz gewiss, vom Aufwand her ist es wirklich nur eine Kleinigkeit, kaum der Rede wert. Aber es ist sehr wichtig."

Es fühlt sich seltsam an und ich sage:

„Kleiner Aufwand und große Bedeutung, was ist es?"

„Das möchte ich dir wegen der Bedeutung des Augenblicks erst kurz vorher mitteilen. Aber so viel kann ich sagen: Es ist etwas Gutes. In dem Moment, in dem du es tust, wirst du die Bedeutung erkennen und danach frei sein."

„Wenn es gut ist, dann soll es so sein."

„Großartig", sagt der Alte, „lass uns zur Glore hinuntergehen."

Er greift mein Handgelenk und zieht mich mit sich. Als ich neben ihm gehe, lässt er es wieder los. Sein Gang ist entschlossen, die Arme schwingen forsch an seinem Körper. Seine Schritte sind lautlos wie die eines Schattens. Die Stille wird wieder nur durch Leos Trippeln und seinem Hecheln durchbrochen, Gedanken rasen durch meinen Kopf. Verstohlen beobachte ich den hutzeligen Schatten neben mir, nichts an ihm deutet darauf hin, was er von mir erwarten könnte. Dann erreicht uns das vertraute Rauschen der Glore, die hier im Tal mit beachtlicher Geschwindigkeit fließt. Leos Hecheln wird nun vom Rauschen des Flusses verschluckt und wenig später stehen wir auf der schmalen Brücke. Der Alte ist mir vorausgeeilt, hat das andere Ufer erreicht und schwingt sich mit einer Leichtigkeit, die ich ihm nicht zugetraut hätte, über die hier hüfthohe Bruchsteinmauer auf das dahinter liegende Feld. Leo folgt ihm schwanzwedelnd, er liebt diesen Ort. Ich folge ihm und wir laufen eine Weile in Richtung des Flusses auf dem Feld, der Alte immer drei Schritte voraus. Jetzt springt er über eine niedrige Felskante und bleibt nach wenigen Schritten stehen. Der Alte hat sein Gesicht nach Westen gewandt und blickt stumm in die Strömung. Wie angewurzelt, ein knorriger kleiner Baum, steht er da. Ich habe ihn erreicht, traue mich aber nicht, ihn anzusprechen. Nachdem er sich eine Weile nicht gerührt hat, setze ich mich auf die Uferböschung, schließe die Augen und lasse die Melodie des Fließens auf mich wirken. Ein Hauch von Frieden und Freiheit erfüllt mich, und weder der alte Mann noch Leo stören mich dabei. Fast glaube ich, er höre die stillen Legenden dieser klaren Nacht, die berauschende Musik des Flusses, und im synergetischen Erleben des gemeinsamen Genusses liege die Gefälligkeit. Als ich nach langer Zeit aus einer Art Trance erwache, sitzt der Alte neben mir und schaut mich an.

„Hier berührt der Himmel das Land“, sagt er leise flüsternd. Nach einer Weile fragt er im gleichen Flüsterton:

„Bist du bereit, mir jetzt den Gefallen zu tun, dann werde ich es offenbaren?“

„Was soll ich tun?“, hauche ich, die Nacht erlaubt kein lautes Wort.

„Folge mir ins Wasser und reinige mich, wie du es aus der Bibel kennst.“

Seine seltsame Bitte raubt mir den Atem, aber ich sehe an seinem Gesicht, dass er nicht scherzt.

„Ich erwarte nicht, dass du es schon verstehst“, er weiß um meine Verwunderung, „für dich ist das heute keine große Sache, aber für uns bedeutet es viel.“

Er geht die wenigen Schritte zum Ufer und ohne ein weiteres Wort steigt der seltsame alte Mann in den Fluss und kniet sich mitten in die

Strömung, das Wasser reicht ihm gerade bis zu den Hüften. Ich mache mir nicht die Mühe, mich meiner Kleider zu entledigen. Schweigend, gehorsam wie ein Lamm, folge ich ihm. Das kühle Wasser umspült meine Knie, die Strömung zerrt an meinen Beinen. Als ich den Täufling erreiche, hat er die Hände gefaltet und den Kopf gesenkt. Feierlich sagt er: „Tá mé tú féin, uns verbindet nur die Zeit."

Nach diesen rätselhaften Worten verharre ich noch einen Augenblick neben ihm. Déjà-vu! Ich erkenne, was zu tun ist und ich verstehe, was ich tue. Ich greife seinen Nacken und ziehe ihn sanft nach hinten, willig taucht er unter. Nach wenigen Sekunden schiebe ich auch die andere Hand ins Wasser unter seinen Kopf und hebe seinen Oberkörper heraus. Ohne zu zögern erhebt sich der Alte und sagt mit immer noch gedämpfter Stimme:

„Ich danke dir, mein Junge. Unser Schicksal hat sich erfüllt, wir sind frei. Irrtümer und Torheiten werden unseren Weg begleiten, und mit den Jahren werden wir lernen die Spreu vom Weizen zu trennen. Von meinen Torheiten hast du mich heute Nacht befreit und ich kann zu meinem Ursprung zurückkehren, Gott segne dich."

Er steigt aus dem Wasser und geht, ohne sich

noch einmal umzudrehen, am Ufer entlang den Fluss hinunter. Ich habe die Heiligkeit des Augenblicks erfasst, verharre gedankenverloren und schaue der sich verjüngenden Gestalt des Alten nach. Bald verschwinden ihre Umrisse dort, wo der Himmel das Land berührt.

Zeitendilemma (Lyrik)

Das Boot gleitet im Zeitenwirbel,
entkommen aus turbulenten Schwankungen der
vergessenen Existenz.
Zukunft erscheint im Kreise des Horizonts,
dort wo der Traumsee in die Unendlichkeit
abstürzt.
Das Treibholz mäandert im Zeitensturm,
willenlos von Gegenwart zu Gegenwart,
verliert sich in gewesenes Sein.
Es gibt keinen Ausweg aus der Nichtigkeit,
keine Lebenssphäre, die in die Zukunft führt.
Das Leben liegt im Treiben und die Lust im Trieb.
Erinnerungen sind die Irrlichter der Zeit,
die in das Leben zurückströmen und ertrinken.
Die Zukunft, so unerreichbar sie auch am Horizont
scheint,
ist des Lebens vitaler Quell.
Dorthin, wo der Traumsee sich in den Himmel
ergießt,
legt die Kreatur ihr Sehnen.
Doch es erfüllt sich nicht in der schwankenden
Zeit,
die aus dem Jetzt-Sein nicht herausführt.
Erst wenn die Zeit erstarrt, stürzt das Sein in den
Abgrund,
den man Zukunft heißt.

Blick in die Zeiten

Mittlerweile sind die Männer des Stammtisches eingetroffen und Vera erklärte kurz, warum ich dort sitzen durfte. Ich war mit meiner Geschichte fertig und räumte meine Utensilien zusammen, um mich an einen anderen Tisch zu setzen.
„Nicht so schnell!", sagte einer der neu Hinzugekommenen, den ich zwar schon häufiger hier gesehen, aber noch nie gesprochen hatte.
„Wenn du an unserem Tisch eine Geschichte geschrieben hast, möchten wir sie auch hören. Unser Tisch hat magische Kräfte der Inspiration und wir möchten gerne hören, wie gut er funktioniert! Bleibe ruhig hier bei uns, der Tisch ist groß genug."
Ich war also eingeladen, weiter dort zu verweilen. Wie ich oben bereits berichtet habe, war ich darauf vorbereitet, die Geschichte hier erzählen zu müssen. Ich tat erst einmal so, als ob ich mich ziere, doch das heizte sie umso mehr an, worauf ich natürlich auch vorbereitet war. Ich gab schließlich nach und entschuldigte mich vorsorglich für eine evtl. schlechte Übersetzung, da ich die Geschichte ja in Deutsch verfasst hatte. Die Randbemerkungen in englischer Sprache habe ich nicht erwähnt, die Ungenauigkeiten in der Übersetzung wären sicher auch so noch zahlreich genug.

„Du machst das schon", sagte der Sprecher, „du
bist schließlich an unserem inspirativen Tisch, der
wird dir schon helfen."
Damit meine Kehle dabei nicht austrocknet,
bestellte der Sprecher erst einmal ein Pint Ale.
Ich legte beide Hände auf diesen Tisch und sagte
laut, er möge die Inspiration über mich ergießen.
„Dear table, pour your inspiration over me."
Die Männer lachten und meinten, jetzt könne nichts
mehr passieren. Mittlerweile waren viele neue
Gäste ins Pub gekommen und Tom rief ihnen zu,
dass ich jetzt eine Geschichte erzählen werde, die
noch niemand kennt. Sogleich traten einige, mit
ihren Biergläsern in einer Hand, an unseren Tisch
heran, um meine Geschichte zu hören. Jetzt gab es
kein Zurück mehr, also erzählte ich die Geschichte,
die der Leser bereits kennt, so gut es ging, in
Englisch.
„Where the sky touches the land…. "
Als ich fertig war, gab es ehrlich gemeinten
Applaus von allen, die zugehört hatten, zumindest
machte niemand eine witzige Bemerkung.
„Sehr gut, wirklich gut", sagten die Männer der
Tischrunde. Obwohl wir hier nicht in einer
Gaeltacht Region lebten, reichte ihr Irisch, um
meine wenigen verwendeten Begriffe zu verstehen.
Sie diskutierten tatsächlich über meine Geschichte
und verstanden schnell, was ich damit sagen wollte.

Ich hätte gedacht, dass es schwieriger zu deuten ist, aber ich war in einer Runde, die die meisten Quizwettbewerbe hier im Ort gewonnen hatte, die an manchen Wochenenden stattfanden. Nächstes Mal muss ich mir wohl etwas Schwierigeres ausdenken. Jetzt war es an mir, Komplimente auszusprechen, doch der Sprecher von zuvor meinte trocken:

„Du sitzt am Tisch der Weisheit, da kann man das erwarten." Ein fröhliches Gelächter brach aus, und auch ich musste lachen; ja, so sind sie.

„Du hast bestimmt noch mehr Geschichten", sagte Tom.

In der Tat hatte ich ein Bündel handgeschriebener Manuskripte bei mir, aber ich hatte sie zu diesem Zeitpunkt noch nicht übersetzt. Ich überlegte, was jetzt passen würde, und mir kam der Feuervogel in den Sinn. Nach dem Blick in meine Zukunft wäre ein Blick in die Zeiten eine geeignete Fortsetzung. Aber diese Geschichte enthält viele Begriffe, deren englische Bedeutung ich nicht kannte. Ich bat um etwas Zeit, um im Wörterbuch nachzuschlagen. Nach einer Viertelstunde war ich fertig, hatte aber trotz Wörterbuch bei einigen Begriffen noch Probleme, die passende Übersetzung zu finden. Ich entschuldigte mich im Voraus, wenn das eine oder andere nicht ganz so rüberkommt, wie ich es mir vorgestellt hatte. Tom meinte, ein weiteres Pint würde meine Geschichte flüssiger machen, und so ging ein Pint Bier aufs Haus. Tatsächlich ging ich die Sache nach ein paar Zügen aus dem Glas relativ entspannt an. Ich begann also mit den Worten: „Nachdem ich euch in meiner letzten Geschichte einen Blick in meine Zukunft gewährt hatte, wie ihr so treffend herausgefunden habt, erweitere ich nunmehr den Horizont und öffne euch das Fenster für einen Blick in die Zeiten. Hört also die Geschichte vom Feuervogel!" An dieser Stelle gab es Vorschussapplaus, an dem sich nun alle im Pub beteiligten. Ich hörte die Rufe: Öffne das Fenster. Besser konnte die Stimmung nicht sein. Dann begann ich zu erzählen:

Der Feuervogel

Am Anfang der Zeit erhob sich aus dem Rachen des gewaltigen Vulkans an den östlichen Kreisen der Erde, zusammen mit glühendem Stein und Asche, ein großer schöner Vogel, lange bevor der Urahn unserer Gattung das Wasser verließ.

Myriaden von Jahren hatte das Ei des Feuervogels auf dem Grunde des Vulkans gebrütet um just am ersten Tag der Erdenklichkeit in der brodelnden Glut des Feuers die diamantene Schale zu brechen. So wie die schützende Schale des Eies war das Gefieder des Vogels aus feinstem Diamant und weit über das Land glitzerte das Feuer seines Kleides.

Tausende von Meilen erhob sich der Feuervogel über dem glühenden Schlund und er trug das Bewusstsein der Welt in sich.

Nachdem er über Tage, Wochen und Monde im steilen Flug den äußersten Erdkreis erreichte, fürchtete er die schützende Kraft der Erde zu verlassen und schwenkte in eine Bahn, auf der er sie fortan umkreiste. Unzählbare Male umflog er die Erde, indessen viele Millionen von Jahren vergingen.

Da der Vogel alles Bewusstsein in sich trug, verging die Zeit nicht vergebens. Er dachte über die Bedeutung seines Seins nach und kam zu dem Schluss, dass all dieses Feuer der Erde der Teil eines großen Ganzen sein müsse, entstanden, um ihn, den Feuervogel, hervorzubringen. Am Anfang war das Ei, dachte er, und dieser Gedanke manifestierte sich in ihm. Im Fluss der Zeit erkannte er hinter all dem Sein eine Bedeutung. Lange vor seiner Geburt mussten diese Feuer bereits gebrannt haben und die lodernde Glut war kein Selbstzweck. All dies Flackern und Brennen führte zu einem Ziel: Ihn zu gebären und zum Träger des Bewusstseins zu machen.

Es gab viele Feuer im Universum, zahlreicher und gewaltiger als alle auf der Erde und diese sind vor ewigen Zeiten einmal ein großes Ganzes gewesen. Lange nach ihrem Entstehen haben sie sich getrennt, damit mindestens eines von ihnen den Sinn ihres Brennens erfüllen und ein diamantenes Ei hervorbringen konnte.

Nachdem der strahlende Vogel Myriaden von Jahren die Erde umkreist hatte, wurde ihm die tiefere Bedeutung seines Daseins bewusst.

Er hatte die Grenzen seines eigenen Denkens erreicht. Obwohl er glaubte, dass all sein

Bewusstsein die Ursache der Existenz war, konnte er doch in den nächsten Jahrmyriaden nicht den Sinn seiner Existenz finden. Er ahnte, dass sich mit ihm allein der Sinn nicht erfüllte. Deshalb entschloss er sich zurückzukehren, um seine Aufgabe zu vollenden.

Aus den tiefen Weiten des Alls stürzte er zur Erde, die mittlerweile eine dichte Atmosphäre gebildet hatte. Wie ein zäher Brei umgab sie diese und als er so unvermittelt darin eintauchte, erhitzte sich das diamantene Gefieder; der Vogel erglühte und ging in loderndes Feuer auf. Als sein Körper die Erde erreichte, war er zu Asche verbrannt.

Und siehe da, aus der Asche stieg der Phönix, schöner und klüger als der alte Feuervogel; doch er trug nicht mehr all das Bewusstsein. Er hatte sich von den Grenzen der Erkenntnis befreit und flog höher hinaus als sein Vater je war.

Ein großer Teil des Bewusstseins blieb zurück auf der Erde. Die Asche vermischte sich in den Sümpfen und nach wenigen Milliarden Jahren kroch eine Echse an Land, die das schlafende Bewusstsein in sich trug. Es dauerte noch sehr lange, bis es erwachte und erkannte, dass es die Ursache des Seins ist.

Das Bewusstsein verteilte sich mit der Zeit auf

viele Milliarden Teile, wobei es sich, wie der Phönix, ständig erneuert, um schöner und klüger zu werden als das Alte.

Seit dieser Zeit erblicken unzählige Augen in der Nacht die Sterne und die meisten erkennen nicht, dass sie sich selber anschauen. Die Träger dieser Augen begehen und begehren törichte Dinge und glauben für diese zu leben. Doch der alte Feuervogel wusste von all dem und deshalb hatte er das Bewusstsein so verschwenderisch verteilt.

Eins von Tausenden Augenpaaren einer jeden Generation suchen in der Nacht den Phönix, der mit ihnen das Bewusstsein dieser Welt trägt. Es kommt die Zeit, da er wieder erglüht und das Bewusstsein der Welt sich neu vereint. Aus der Asche wird ein neuer Phönix geboren werden: Größer, gewaltiger und schöner. Er wird wiederum den Sinn des Daseins in sich tragen und seine Brut wird die Erkenntnis sein, lange, nachdem die törichten Dinge dieser Welt verglüht sind.

Am Anfang war das Ei, und am Ende steht die Erkenntnis.“

Das Pub hatte sich mittlerweile ansehnlich gefüllt und während ich erzählte, herrschte absolute Stille. Viele hatten sich an unseren Tisch gedrängelt, um besser hören zu können. Jetzt entlud sich die Spannung in Applaus und einige der Anwesenden klopften mir auf die Schulter. Ich muss zugeben, dass ich es genoss und hatte auch das Gefühl, dass ich es leidlich hinbekommen hatte. Sicher, bei der späteren Übersetzung im stillen Kämmerlein konnte ich es genauer machen, das aber kann man an anderer Stelle nachlesen.

Wie nicht anders erwartet, begannen die Männer am Tisch, und auch Vera beteiligte sich, über die Geschichte nachzudenken und zu diskutieren. Ich gebe hier nicht im Einzelnen wieder, wie die Diskussion verläuft, denn dann würde ich dem Leser das Vergnügen nehmen, selbst darüber nachzudenken, was der Erzähler mit dieser Geschichte sagen wollte.

Nur so viel, Tom eröffnete die Diskussion:

„Spontan würde ich sagen, es ist eine Parabel über den Menschen."

Dem Leser sage ich, es ist nicht falsch, aber es ist mehr.

Aus der Asche (Lyrik)

Aus der Asche
steigt der Phönix,
einst Mensch gewesen.
Er ist vollkommen,
klagt nicht an,
schulmeistert nicht.
Die Schöpfung ist richtig,
Gut und Böse,
gierig und bescheiden,
heilig und wollüstig;
Ying und Yang.
Er verbessert nicht mehr
diese geschaffene Welt,
sie ist, wie sie ist,
richtig und falsch.
Er belehrt nicht mehr,
Gott und den Teufel.
Geschaffen haben sie
Mensch und Phönix
aus Wasser und Feuer.

Das Nomadenmädchen und die Alte Méabh

Saóirse und Méabh

Niemand weiß, wie alt Méabh wirklich ist. Die Ältesten des Clans sagen, sie sei schon alt und weise gewesen, als sie selbst noch Kinder waren. Manche sagen hinter vorgehaltener Hand, sie sei „die Méabh", die ehemalige kriegerische Königin von Connacht aus den alten irischen Sagen. Kriegerisch ist die alte Méabh heute nicht mehr - falls sie es je war. Sie ist weise, humorvoll und unendlich geduldig, auch wenn sie in ihrem Urteil unerbittlich sein kann, wenn jemand über die Stränge schlägt.

Saóirse ist gern bei ihr, denn die alte Méabh kennt viele spannende Geschichten aus einer Zeit, als Irland noch ganz anders war als heute. Sie ist Heilerin, Wahrsagerin, Ratgeberin und letzte Instanz bei Streitigkeiten, aber auch, wenn sich zwei junge Menschen das Jawort geben. Die Mitglieder hören auf ihren Rat und sind damit seit Jahrzehnten gut gefahren. Scheinbar unversöhnliche Streithähne haben sich schon so manchem weisen Spruch gebeugt, erst murrend, dann einsehend, dass es gut war.

Mit ihren beinahe sechzehn Jahren ist Saóirse noch nicht viel herumgekommen, von den großen Städten hat sie bisher nur Galway und Castlebar

gesehen. Die alte Méabh hat in ihren jungen Jahren
die Welt gesehen - wenn sie denn je jung war.
Sogar in Dublin soll sie gewesen sein, als Dublin
noch Baile Átha Cliath hieß.
Saóirse und ihr Clan gehören zu den letzten
Nomaden Irlands, und in den letzten Jahrzehnten
sind viele von ihnen sesshaft geworden. Ihr
Wohnwagen wird heute von einem alten Opel
gezogen, und weil das Benzin teuer geworden ist,
können sie nicht mehr so viel herumfahren. Saóirse
kennt die Zeiten nicht mehr, als Pferde die Karren
zogen und es für sie auch dann noch Futter gab,
wenn die Zeiten für die Menschen karg waren.
Manchmal wünscht sie sich diese Zeiten zurück,
denn Pferde liebt sie sehr. Außerdem ist sie es leid,
immer wieder an die gleichen Orte zu kommen.
Wie schön war es doch damals, als man morgens
nicht wusste, wo man abends sein Lager
aufschlagen würde. Auch die Leute waren damals
viel netter. Méabh erzählt manchmal, dass die
Dorfbewohner ihnen zu essen und zu trinken
gaben, wenn sie irgendwo ankamen. Im Gegenzug
bekamen sie Geschichten, Musik und Neuigkeiten,
die sich damals, als es noch keine modernen
Medien gab, nicht überall verbreiteten. Die
Menschen waren zwar arm, aber was sie hatten,
teilten sie. Saóirse liebt es, die Geschichten über
die Feste zu hören, die mit den Dorfbewohnern

gefeiert wurden. Wie anders ist das heute!
Aus den Dörfern sind Städte geworden und die
Menschen sind reich. Aber die Reichen teilen nicht
gern, und mit denen, die arm geblieben sind,
müssen die Fahrenden heute konkurrieren.
Früher waren die Menschen froh, wenn jemand für
ein paar Pence ihre Kessel und Töpfe reparierte
oder ihre Messer und Scheren schärfte. Heute
werden nur noch wenige Messer und Scheren
geschliffen, und Töpfe werden neu gekauft, wenn
sie eine Beule haben oder undicht sind. In den
Dune Stores kann man sie für I£4 kaufen. Für die
Nomaden gibt es heute nicht mehr viel zu tun. Die
Sozialhilfe reicht nicht, um Benzin zu kaufen.
Wenn es irgendwo Arbeit gibt, die nicht von
Sesshaften übernommen werden, verdingen sie sich
als Tagelöhner. Würde Méabh nicht gelegentlich
mit Handarbeiten, Kartenlegen und Handlesen
etwas dazuverdienen, könnten sie Castlebar
manchmal gar nicht verlassen. Saóirse erinnert sich
an eine Episode in einem kleinen Ort. Als sie mit
ihren Brüdern durch die Straßen ging, verhielten
sich die Leute sehr seltsam, als hätten sie Angst.
Sie eilten von der Straße in ihre Häuser. Saóirse
wollte in einem kleinen Laden etwas Süßes kaufen,
aber der Besitzer hatte den Laden abgeschlossen,
obwohl Saóirse durch die Schaufenster sehen
konnte, dass Kinder darin waren. Als einer ihrer

Brüder an die Tür klopfte, gestikulierte ein Mann in einem weißen Kittel, dass der Laden geschlossen sei. Als Saóirse später Méabh fragte, sagte sie: „Es gibt Familien, die so arm sind, dass sie in den Dörfern und Städten betteln. Die Sesshaften aber häufen Geld und andere Güter an. Man kann sagen, dass auch ihr Besitz unbeweglich wird, sogar ihr Geld. Sie mögen es nicht, wenn sich der Zustand ihres Lebens und ihres Besitzes ändert.

Wenn ein Sesshafter einen bestimmten Geldbetrag besitzt, ist es für ihn beunruhigend, wenn sich dieser verringert. Das würde bedeuten, dass ihr Geld wandert. Aber sie hassen es, wenn Menschen oder Dinge wandern. Deshalb versuchen sie, alles, was einmal in ihrem Besitz ist, festzuhalten. Es gibt unter ihnen Menschen, denen der Hauch des Todes bereits ins Gesicht geschrieben steht und die mehr Geld besitzen, als sie jemals in den letzten Tagen ihres Lebens ausgeben könnten. Dennoch klammern sie sich an jeden Pence ihres Besitzes. Sie versuchen sogar, noch mehr zusammenzu-kratzen. Wenn nun der Tod diese Menschen endgültig ereilt, haben sie große Angst vor ihm, sie weinen und klagen, weil sie wissen, dass er ihnen alles nehmen wird, was sie besitzen.

Wenn nun einer von uns zu ihnen kommt, fürchten sie sich davor, etwas von ihrem Besitz abgeben zu müssen. Ob wir sie fragen oder nicht, allein unser

Anblick macht ihnen Angst. Sie sagen, wir Tinker seien Bettler und Diebe. Sie unterscheiden nicht zwischen Betteln und Stehlen, und aus ihrer Sicht ist das verständlich, denn beides bedeutet eine Verminderung ihres Besitzes; deshalb fürchten sie uns wie den Tod. Diese Menschen sind ärmer als ein hungernder Bettler, deshalb sollten wir für sie beten. Ja, die alte Méabh ist sehr weise und weiß viel über alles in dieser Welt. Saóirse ist fest entschlossen, niemals einen Sesshaften um etwas zu bitten, denn sie will nicht, dass jemand Angst vor ihr hat.

Dann kommt ihr sechzehnter Geburtstag und die alte Méabh ruft sie zu sich. Die weisen Augen der Alten tasten sie von Kopf bis Fuß ab.

„Du bist eine Jungfrau geworden, und es ist mir nicht entgangen, dass, ohne dass du es bemerkt hast, von Zeit zu Zeit junge Burschen ein interessiertes Auge auf dich geworfen haben. Du bist bisher von deiner Familie behütet worden, ich weiß, dass deine Gesinnung aufrichtig und dein Charakter fest ist. Von den Menschen dieser Welt weißt du kaum mehr als das, was ich dir erzählt habe. Du bist bisher von deiner Familie behütet worden, ich weiß, dass deine Gesinnung aufrichtig und dein Charakter fest ist. Von den Menschen dieser Welt weißt du kaum mehr, als ich dir erzählt habe. Deshalb habe ich mit deinen Eltern beschlossen, dass du einen ganzen Monat lang die Samstage und Sonntage in Kiltimagh verbringen darfst. Gegen Mittag wirst du an der Kirche im Dorf abgesetzt und um Mitternacht holt dich dein Vater dort wieder ab. Ich habe für dich gespart und du bekommst für jedes Wochenende vierzig Pfund, damit du unabhängig bist und deine Freizeit genießen kannst. Nutze die Zeit, um so viel wie möglich über die Menschen zu lernen."

Saóirse spürt einen freudigen Sprung in ihrem Herzen, schon lange hat sie sich insgeheim gewünscht, einmal ohne die Aufsicht ihrer Brüder in einer Stadt oder einem Dorf verbringen zu können.

„Übermorgen", fuhr die Alte fort, „kommst du am Morgen zu mir, denn es ist dein erster Samstag. Ich werde dir Kleider geben, die sich nicht von denen im Dorf unterscheiden, denn sonst würden die Leute dort die Pavee erkennen. Denke daran, was ich dir einmal über die Sesshaften und ihre Ängste gesagt habe, aber betrachte sie ohne Vorurteile."

Saóirse fiebert dem Tag entgegen. Viele Erwartungen in ihrem Kopf malen Bilder in ihre ungeduldige Seele. Sie nimmt sich vor, viel über die Menschen zu lernen. Eines Tages möchte sie so weise sein wie die alte Méabh. Was auch immer die aufrechte Haltung und der feste Charakter bedeuten, sie wird es herausfinden und bewahren.

Es ist Samstag. Saóirse hat nachts unruhig geschlafen. Schon um neun Uhr morgens klopft sie an Méabhs Tür. Als das Gesicht der alten Frau im Türspalt erscheint, huscht ein breites Lächeln über ihr faltiges Gesicht.

„Ich habe dich erwartet", sagt sie und bittet das Mädchen herein. Auf dem Tisch liegen Jeans, eine weiße Bluse, eine ärmellose Überjacke und ein schwarzer Mantel mit flauschigem Kunstpelz. Auf dem Boden zwischen den Stuhlbeinen stehen halbhohe Lederschuhe. Saóirse kann kaum glauben, dass das für sie sein soll. Wenig später bestaunt sie sich in dem altmodischen Kommodenspiegel. Soll das alles für sie sein?

Dann deutet die Alte auf das Sofa und Saóirse setzt sich unsicher auf den vorderen Rand des Kissens. Die alte Méabh setzt sich neben sie und nimmt ihre Hand.

„Ich will dir keine langen Erklärungen geben und dich auch nicht mit Verhaltensregeln verwirren, nur einen Rat, wenn du willst."

Die offenen Augen des Mädchens blicken in die Tiefe der weisen Alten.

„Ja", haucht die Kleine, „alles, was du mir zu geben bereit bist."

Die alte Méabh gibt ein zufriedenes Grunzen von sich und beginnt, ihre Augen fest auf das Mädchen zu richten:

„Bei allem, was du zu tun gedenkst, gibt es nur eine Instanz, und das ist dein Herz. Bevor du dich entscheidest, dies oder jenes zu tun, gehe in dich und frage dich, ob es sich richtig anfühlt. Vergiss alles, was du über richtig und falsch gehört hast, folge keiner starren Moral. Frage nicht deinen Verstand oder dein Verlangen, ob das, was du tun willst, richtig oder falsch ist, höre nur auf dein Herz, mehr brauche ich dir nicht zu sagen."

Saóirse schaut die Alte mit großen Augen an; von ihren Eltern ist sie gewohnt, dass es für alles eine Regel gibt, nach der man sich zu richten hat. Sie hat es nie geschafft, sich an all diese Regeln zu halten. Doch was die Alte ihr als Rat gibt, klingt so einfach. Als hätte sie die Gedanken des Mädchens erraten, sagt sie:

„Oh, mein Schatz, es ist nicht so einfach, wie es klingt. Das Herz spricht leise und wird oft von Gedanken oder Wünschen übertönt. Und doch ist es das Einzige, was du hören solltest, wenn es darauf ankommt. Wenn du diesen Rat befolgst, mache ich mir keine Sorgen um dich.

Saóirse möchte nicht, dass die alte Méabh sich Sorgen um sie macht, und sie ist fest entschlossen, auf ihr Herz zu hören, so leise es auch sein mag. Die Alte nickt wieder, als hätte sie die Gedanken der Kleinen erraten, und sagt:

„Um dich muss ich mir keine Sorgen machen".

Allein in der Stadt

Gegen Mittag setzt der Vater sie an der Kirche ab.
In etwa zwölf Stunden werde er wieder hier sein
und sie nach Hause holen. Gott möge sie schützen.
Saóirse sieht Tränen in den Augen des Vaters und
sagt, er solle sich keine Sorgen um sie machen, ihr
Herz werde sie beschützen. Der Vater lächelt bei
diesen Worten. „Natürlich."
Dann ist sie endlich allein, zum ersten Mal in ihrem
jungen Leben. Langsam schlendert sie in Richtung
Stadtzentrum. Links taucht das erste Pub auf, sie
weiß, dass es hier siebzehn davon gibt. Eine alte
Dame mit wachen Augen steht in der Tür und
schaut sie unverwandt an.
"Hallo, guten Tag", sagt Saóirse etwas verlegen.
„Ich habe dich hier noch nie gesehen."
„Ich bin zu Besuch, heute Abend muss ich wieder
weg."
„Willkommen, Gott segne dich."
Saóirse spürt einen freudigen Sprung im Herzen, es
ist das erste Gespräch, das sie allein außerhalb ihres
Clans geführt hat. Viel selbstbewusster geht sie nun
weiter in Richtung Stadtzentrum. Viele Menschen
sind auf der Straße. Ganz anders ist es als damals,
als sie mit ihren Brüdern hier war und die Händler
ihre Läden vor ihnen verschlossen. Außer den
Blicken einiger junger Burschen scheint sich

niemand für sie zu interessieren. Das ist ihr ganz recht, denn allein die Blicke der Jungs sind ihr peinlich. An einem Burger-Imbiss bleibt sie stehen und erinnert sich, dass sie viel Geld in der Tasche hat, mehr als sie braucht, um sich einen Cheeseburger leisten zu können. Weniger aus Hunger - sie hat zu Hause gegessen - beschließt sie, einen Cheeseburger zu kaufen. Im Imbiss steht ein junger Mann hinter der Theke. Es ist viel los, und es dauert zehn Minuten, bis sie ihm auf der anderen Seite der Theke gegenübersteht.

„Und worauf hast du Lust?", fragt er mit einem anzüglichen Lächeln. Mit großen Augen blickt sie ihm in seine schönen, aber etwas frechen Augen. Ihr Gesicht wird heiß, sie hat sich offensichtlich zu viel zugetraut.

‚Was mache ich hier', schießt es ihr durch den Kopf. Ihr Herz wollte diesen Cheeseburger nicht, aber sie hatte ein unbekanntes Gefühl in ihrem Herzen, es war nicht der Cheeseburger. Sie schaut den Verkäufer an und senkt verlegen den Blick.

„Entschuldigung", stammelt Saóirse, „ich... ich... weiß nicht." Sie wird verlegen. Sie spürt, wie ihr Gesicht heißer wird, und wagt es nicht, den Mann hinter der Theke noch einmal anzusehen. Dann will sie nur noch raus.

„Entschuldigung", sagt sie noch einmal und verlässt fluchtartig den Tresen. Sie hört noch, wie

der Verkäufer sie bittet, einen Moment zu warten,
dann erreicht sie die rettende Tür des Imbisses. Als
würde sie verfolgt, rennt sie die Straße hinunter
und kommt erst zum Stehen, als die
Menschenmenge kleiner wird und sie neben einer
Art Abenteuerpark für Kinder steht. Durch die
Begrenzungsbalken schaut sie in den Park hinein
und beobachtet die Kleinen, die sich an den
Geräten austoben. Sie spürt ein Wirrwarr von
Gefühlen in sich aufsteigen. In diesem
Durcheinander denkt sie immer wieder, dass sie auf
ihr Herz hören muss. Doch so sehr sie sich auch
bemüht, ihr Herz schweigt.
Die Kinder im Park jauchzen vor Vergnügen und
für einen Moment beruhigt sich der Vulkan in ihr.
Dann beginnt ihr Kopf zu arbeiten.
‚Du bist dumm‘, sagt er, ‚es ist so schön in der
Stadt, und du stehst hier und bist ein Feigling. So
schlimm kann es nicht sein. Es ist doch gar nichts
passiert. ’
Mit einem Ruck wendet sie sich vom Kinderpark
ab und geht zurück ins Zentrum. Das Treiben der
Menschen ist dichter geworden und vor einem Pub
sieht sie eine Gruppe von Jungen, die mit ein paar
Mädchen herumalbern. Sie versucht, an ihnen
vorbeizugehen, als ein Junge sie anspricht.
„Hallo, du Hübsche, wo willst du hin? Hier ist
Party!“

Unvermittelt steht er vor ihr und schaut ihr frech in die Augen. Ein Mädchen aus der Gruppe sagt:
„Lass die Kleine in Ruhe, Kevin.“
Saóirse ist verwirrt und weiß nicht, wie sie sich verhalten soll.
„Welche Party?“, fragt sie mehr aus Verlegenheit als aus Interesse.
„Ah..., na ja, die Party halt.“
Nun scheint der Junge etwas verlegen zu sein. Ein Mädchen löst sich aus der Gruppe und hakt sich unter ihren Arm, sie ist etwa in ihrem Alter.
„Hör nicht auf ihn“, sagt sie verächtlich, „er ist ein bisschen blöd.“
Obwohl Saóirse dieses Mädchen nicht kennt, tut es ihr gut, dass sie sich ihrer annimmt.
„Ich bin Máire, ich nehme an, dass du hier fremd bist? Ich habe dich noch nie gesehen.
„Ja, ich muss um Mitternacht wieder weg.“
„Dann haben wir ja noch genug Zeit, uns kennen zu lernen.“
„Aschenputtel!“, ruft einer der Jungen amüsiert.
„Haltet die Klappe, ihr seid doch nur dumme Bauernburschen.“
Zu Saóirse gewandt sagt sie:
„Willst du die Storyteller hier in diesem Pub hören?“
„Storyteller?“, fragt Saóirse verwirrt.
„Bist du nicht deswegen hier?“

„Nein, ich bin zum ersten Mal allein im Dorf, um die Leute kennenzulernen."

Erstaunt schaut Máire Saóirse an.

„Soll das heißen, du warst noch nie irgendwo allein?"

„Ja", antwortet Saóirse, „ich bin erst vor zwei Tagen sechzehn geworden."

„Na und? Ich war schon allein hier im Dorf, als ich acht war oder noch früher."

Saóirse schaut sie mit großen Augen an, allein mit Acht wäre in ihrem Clan nicht möglich. Doch dann sagt Máire.

„Mache dir keine Sorgen, das kriegen wir schon hin. Erst einmal kommst du mit uns hierher in das Pub und hörst dir die Geschichten der Erzähler an. Du weißt wahrscheinlich gar nicht, dass an diesem Wochenende das Festival der Geschichtenerzähler beginnt. Jeder hier, der Lust hat, ist eingeladen, eine Geschichte zu erzählen."

Dann führt sie ihre Lippen an Saóirses Ohr und flüstert.

„Kaum jemand hier erzählt noch Geschichten, aber wir freuen uns alle auf die Profis, die jedes Jahr zum Festival ins Dorf kommen und alte Geschichten erzählen, das solltest du dir nicht entgehen lassen. Heute und morgen kommen die berühmtesten Geschichtenerzähler des Landes in unsere Stadt und erzählen Dinge, die einen zum

Lachen bringen oder einem das Blut in den Adern
gefrieren lassen. Lachen und Gruseln gehören eben
zusammen."

„Ich liebe spannende Geschichten", freut sich
Saóirse, „ich komme sehr gerne mit."

„Dann komm", sagt Máire und zieht Saóirse zur
Tür des Pubs, „in zehn Minuten kommt ein ganz
berühmter Geschichtenerzähler."

„Lass die Prinzessin bei uns", ruft eine übermütige
Knabenstimme.

„Halt die Klappe", ruft Máire verächtlich, „besauf
dich oder verpiss dich nach Hause."

Saóirse ist beeindruckt von Máires Mut, denn sie
selbst hätte sich nie getraut, so etwas zu sagen.

Saóirse ist zum ersten Mal in ihrem Leben in einem
Pub. Das Joyce's ist ein kleiner Raum mit zwei
Tresen. Rechts sieht er aus wie ein alter Laden. In
den Regalen stehen Dosen mit Bohnen, Packungen
mit Cornflakes und andere altertümlich aussehende
Lebensmittelverpackungen, wie man sie in
modernen Supermärkten nicht mehr findet. Rechts
hinter der langen Theke steht eine freundlich
aussehende alte Dame und schenkt Bier in ein
Pintglas. Auf einem Hocker hinter der Theke sitzt
ein Mann mit langen dunklen Haaren und dreht
sich eine Zigarette. Vor der Theke tummeln sich
Männer zwischen achtzehn und achtzig Jahren und
ein paar Grüppchen jüngerer Frauen. Auf den

wenigen Bänken sitzen Frauen beisammen und erzählen sich den Dorftratsch. Aus allen Ecken dringt Stimmengewirr und Gelächter, und Saóirse freut sich, alle so fröhlich zu sehen.

Máire nimmt Saóirse bei der Hand und zieht sie zum Tresen.

„Das ist Saóirse, Ann", sagt sie zu der alten Dame hinter der Theke, „sie geht zum ersten Mal allein aus."

Sie wendet sich Saóirse zu und deutet mit einer Geste auf die alte Dame:

„Das ist Anny Joe, die Landlady."

Anny Joe schaut Saóirse mit funkelnden Augen an, ihr Mund zeigt ein herzliches Mädchenlächeln.

"Willkommen in Kiltimagh", sagt sie, "du hast dir den besten Tag für einen Besuch ausgesucht, gleich wird einer der berühmtesten Geschichtenerzähler Irlands sprechen, Pádraig ó Flaherty aus Donegal.

Máire bestellt zwei 7Up und stellt Saóirse noch Paul vor, den langhaarigen Neffen von Anny Joe, der sich gerade bedächtig eine Selbstgedrehte anzündet.

„Hallo Saóirse", sagt er in Zeitlupe, während er seine Lungen mit Rauch füllt, „willkommen hier", und bläst den Rauch genüsslich in die Luft.

„Hallo Paul", antwortet Saóirse freundlich, „schön, dich kennenzulernen."

Paul nickt und so etwas wie ein Lächeln huscht

über sein Gesicht. Er sieht in diesem Moment glücklich aus und inhaliert noch einmal kräftig, um sein Wohlbefinden zu steigern.

„Pádraig ist brillant, er wird dich begeistern." Pauls Worte klingen wie eine jahrtausendealte Weisheit, langsam und bestimmt kommen sie im Basston aus seinem Mund. Sie haben es geschafft, Saóirse vor Neugier platzen zu lassen.

Ein junger Mann mit glasigen Augen, der auf der Bank am hinteren Ende des Tresens sitzt, springt auf, schneller als es seinem Zustand guttut.

Torkelnd weist er den beiden Mädchen seinen Platz zu, Máire lässt sich nicht zweimal bitten und zieht Saóirse zu sich.

„Danke, Joe", sagt sie schnippisch und wendet sich Saóirse zu: „Logenplatz."

Joe starrt Saóirse an und versucht, ein charmantes Lächeln aufzusetzen, was ihm schwer zu fallen scheint, denn es hätte ihn fast von den Beinen gerissen.

„Joe ist ein netter Kerl", flüstert sie Saóirse ins Ohr, „aber leider meistens betrunken."

Da öffnet sich die Eingangstür und ein etwa sechzig Jahre alter Mann in einer bunten Jacke und einem breitkrempigen Hut kommt herein. Máire stößt Saóirse in die Rippen und flüstert aufgeregt: „Das ist er."

Das Durcheinander im Pub ordnet sich, Gelächter

und Geschnatter verstummen, und plötzlich erfüllt Applaus den Raum. Saóirse stehen die Tränen in den Augen, so erhebend empfindet sie die Stimmung. Irgendwo aus der Tiefe des Raumes wird ein erhöhter Hocker hervorgezaubert und in die Mitte gestellt. Nanosekunden später thront er majestätisch darauf und hält ein gut gefülltes Pintglas Guinness in der Hand.

Dann beginnt er:

„Ich bin froh, dass ich so wohlbehalten hier vor euch sitze, mein Pint genießen kann, und“, er schaut sich um und folgerichtig steht Paul neben ihm und reicht ihm eine seiner dampfenden Selbstgedrehten. Er nimmt einen tiefen Zug und fährt fort, „ein gutes Stück rauchen kann.“

Er macht eine wohldosierte Pause, nickt weise in die Runde und inhaliert noch einmal tief. Irgendwo im Raum poltert ein ausgefallenes Haar zu Boden, als er endlich die Stille durchbricht.

Geschichte über Pádraigs Kampf mit dem Teufel

Wenn ich es nicht am eigenen Leib erfahren hätte, würde ich es selbst nicht glauben.

Ihr wisst, dass ich aus Glenn Colmcille komme, und an den Festivaltagen stehe ich früh morgens um halb fünf auf, um gegen neun Uhr den Bus von Donegal-Town nach Castlebar zu nehmen. Zu dieser Jahreszeit geht im Osten bereits die Sonne auf, wenn ich gegen halb sechs die einsamen Straßen entlanggehe. Noch nie habe ich um diese Zeit jemanden auf meinem Weg getroffen. Ich staunte also nicht schlecht, als er plötzlich in voller Lebensgröße vor mir stand.

„Hallo Pádraig", sagte er, „bist du immer noch so verrückt zu glauben, dass sich die Leute für deine Geschichten interessieren? Du hättest besser im Bett bleiben sollen, bis der herrliche Tag in dein Zimmer scheint. Du bist immer noch auf der Suche nach deiner alten Heimat, du solltest begreifen, dass es sie nicht mehr gibt. Du bist ein Fossil, das den Fortschritt leugnet, niemand will deine abgedroschenen Geschichten hören. Heute werden die Geschichten im Fernsehen erzählt, professionell und verrückt, du bist ein alter Narr, Pádraig.

Ihr könnt mir glauben, dass mich diese Worte sehr getroffen haben und ich mich elend gefühlt habe. Er hatte so recht. Ich selbst gehe mehrmals in der Woche in eins unserer Pubs und oft bemerkt es der Wirt kaum, wenn ich eintrete. Die Augen sind auf ein Pferderennen, Hurling oder eine der zahlreichen Soaps gerichtet. Nachmittags sind die Blicke der wenigen Gäste auf den Bildschirm fixiert. Nicht selten werde ich nicht einmal von meinen Freunden richtig wahrgenommen. Da ich nichts entgegenzusetzen hatte, fragte ich ihn:

„Wer bist du?"

Im Morgengrauen sah ich ein breites Grinsen über sein Gesicht huschen.

„Ich bin dein Teil von dem, was man gemeinhin den Teufel nennt."

Ihr könnt euch nicht vorstellen, wie schrecklich Angst sein kann. Das Blut gefror mir in den Adern, und eisige Kälte umklammerte meinen Körper.

„Jesus Christus", rief ich, „nimm den Satan von mir."

Der Teufel grinste breit:

„So einfach ist das nicht, so funktioniert das nur in schlechten Horrorfilmen, ich bin ein Teil von dir, den kannst du nicht austreiben."

Mein Verstand begann fieberhaft zu arbeiten. Das ist eine Halluzination", sagte ich mir. Ich schloss die Augen und dachte nach:

, Du erträgst das frühe Aufstehen wirklich nicht.'

Ich bedauerte schon, dass ich nicht einen Tag früher angereist war, zu einer für einen Iren angenehmen Zeit. Dann schlug ich die Augen wieder auf, aber das Monster grinste mir immer noch frech ins Gesicht.

„Ich habe dir doch gesagt, dass du mich so leicht nicht loswirst."

Ich musste es akzeptieren, ob ich wollte oder nicht. Der Teufel stand leibhaftig vor mir und ich, ein guter Christ, musste mich mit ihm arrangieren. Aber dann verlor das Gesicht des Satans sein erniedrigendes Grinsen. Fast sanft hörte ich seine Stimme.

„Sei kein Narr, verschwende dein Talent nicht an dieses nichtsnutzige Volk. Deine Geschichten können Welten erobern, wenn du sie den richtigen Leuten widmest. Die meisten hier hören dir nicht mehr zu, wenn du deine Geschichten erzählst. Deine eigene Frau starrt in die Röhre und genießt eine der vielen Seifenopern, während du versuchst, ihr eine Geschichte zu erzählen, um ihre Meinung zu hören. Seit vierzig Jahren seid ihr zusammen und du glaubst, dass es das Richtige ist. Aber insgeheim weißt du, dass etwas nicht stimmt. Ihr Fleisch ist so welk wie dein eigenes. Doch, da ist die junge Witwe im Dorf, die an deinen Lippen hängt, wenn du deine Geschichten erzählst. Du hast es längst bemerkt, aber deine Moral verbietet dir, es zu bemerken, und doch träumst du heimlich von ihr."

Ich sackte zusammen wie ein Häufchen Elend, dieser Schelm hatte mich durchschaut. Doch aus diesem Elend heraus ergriff mich die Lust. Ich dachte an diese Frau und ein wohliger Schauer lief durch meinen Körper. Er hatte Recht, ich vergeude mein Talent an die vielen Ignoranten, aber da unten wälzt sich eine schöne Frau im Bett und sehnt sich nach meinen Geschichten, und nach mir. Ich spürte eine Lust, die meinen Körper erbeben ließ.

"Geh hinunter", triumphierte der Teufel, "du wirst ihr Lager für dich bereitfinden, sie wird sich nach deinen Geschichten verzehren, ... und nach dir".

Mein Körper zitterte vor Begierde, aber dann hämmerte es in meinem Kopf:

Du alter Lüstling, was willst du von dieser jungen Frau, in zehn Jahren bist du wirklich ein alter Mann, vielleicht gebrechlich. Vielleicht so schwach, dass du nicht einmal mehr eine Geschichte erzählen kannst. Sie wird sich immer noch nach interessanten Männern sehnen, aber du wirst ihr das nicht mehr geben können. Glaubst du wirklich, dass diese Frau dann noch für dich da sein wird?

Der Teufel las meine Gedanken und schaltete sich ein:

„Nur der Augenblick zählt. Willst du wirklich die nächsten zehn Jahre langweilig leben, um den Rest deines Lebens genauso langweilig zu verbringen? Ich kann dir nur raten, lebe diese zehn Jahre voller Lust und Freude und pfeife auf das, was danach kommt. Vielleicht werden es sogar zwanzig, das weiß niemand. Du hättest noch so viel Zeit."

„Nein", sagte ich, „das wäre falsch. Heute gebe ich mich der Lust hin, und morgen bin ich ein Pflegefall und muss mich vor dieser Frau schämen. Mein Gewissen wird mich quälen, weil ich ihr ihre vielleicht besten Jahre verdorben habe. Oder sie verlässt mich, um sich selbst zu retten, und wird ein schlechtes Gewissen haben, weil sie mich im Elend allein gelassen hat. Das darf ich nicht zulassen. Meine Frau und ich haben uns einst vor Gott versprochen, bis dass der Tod uns scheidet. Prachtvolle Kinder sind aus dieser Verbindung hervorgegangen. Soll ich das alles in Frage stellen, nur weil du die Lust in mir schürst? Ich muss dem Angebot widerstehen, so verlockend es auch sein mag. Damit verlierst du deine Macht über mich."

Jetzt wurde der Teufel wütend und zeigte sein wahres Gesicht.

„Du alter, verkalkter Narr", brüllte er, „du weißt nicht, was gut für dich ist. Geh hinunter und erzähle den nichtsnutzigen Leuten deine Geschichten. Mach dich lächerlich, wenn du versuchst, gegen den Fernsehlärm anzureden. Nur eines sage ich dir: Wenn du es nicht schaffst, bis heute um Mitternacht in einem einzigen Pub die Fernseher auszuschalten, wirst du diesen Tag nicht überleben. Entscheide dich jetzt. Entweder du gehst hinunter zu dieser jungen Frau und holst dir Vergnügen und Lust auf unabsehbare Zeit, oder du gehst hinunter auf deine armselige Bühne und wirst um Mitternacht deinen letzten Atem aushauchen, wenn du es nicht schaffst, dieses dekadente Volk auf deine Seite zu ziehen."

Nicht nur, weil ich Ultimaten verabscheue, beschloss ich, auf kurzlebige Lustabenteuer zu

verzichten und mein Heil in den Schoß der
Musen zu legen. Ich verkündete dem Teufel
inbrünstig:

„Ich werde den Ort finden, wo man den
Fernseher ausschaltet und meinen Geschichten
lauscht. Pack dich, du Ungeheuer und lass dich
erst wieder blicken, wenn ich deine Bedingung
nicht erfüllt habe. Sonst lass dich nie wieder bei
mir blicken, weder zu Lebzeiten noch an
meinem Sterbetag.“

Nun hatte der Teufel keine Macht mehr über
mich und mit einem fürchterlichen Fluch
verschwand er. Ich hörte ihn nur noch knurren:

"Ich sehe dich um Mitternacht.“

Ich war wieder allein und nach der starken
Verheißung, die ich dem Teufel gegeben hatte,
stieg der Zweifel in mir auf, stärker als zuvor.
Ich fürchtete, dass ich die falsche Entscheidung
getroffen hatte. Alles, was ich auf meiner Reise
sah, nährte meine Zweifel. Es schien, dass kaum
jemand zuhören wollte, wenn man etwas zu
sagen hatte. Allein die dröhnenden Fernseher
erstickten die Möglichkeit.

Aber dann erinnerte ich mich an Kiltimagh, an
Joyce's Bar hier, wo man mich vor einem Jahr
so freundlich empfangen und mir zugehört hatte.
Ich war überzeugt, dass sich das Leben hier in

einem Jahr nicht völlig verändert hatte. Ich glaube, dass ich auch wegen euch die Kraft hatte, dem Teufel so wunderbar zu widerstehen. Ich bin in Donegal in den Bus gestiegen und in Castlebar hat mich ein alter Freund abgeholt. Ich kam direkt hierher zu euch. Ich danke Gott, dass sich das Rad der Zeit bei euch nicht so schnell gedreht hat, und ich danke euch, dass ihr mich wieder so freundlich aufgenommen und mir so aufmerksam zugehört habt. Ich bin überzeugt, dass sich der Teufel an euch die Zähne ausbeißen wird. Dank euch habe ich diesen Schelm nun für immer und ewig in seine Schranken verwiesen. Wir werden bis in alle Ewigkeit zusammensitzen und uns Geschichten erzählen. Danke euch allen! Sláinte!

Er hebt sein Pintglas und nickt in die Runde. Aus dem Augenwinkel sieht Saóirse, wie Paul heimlich einen tragbaren Fernseher unter der Theke verschwinden lässt.
Tosender Applaus erfüllt den Raum. Die Leute drängen sich um Pádraig und klopfen ihm auf die Schulter. Saóirse aber ist in Gedanken versunken, sie denkt über diese Geschichte nach. Trotz des Lärms arbeitet es in ihrem Kopf:
‚Ist er seinem Herzen gefolgt? Er hat der Lust widerstanden, aber war es nicht der Verstand, der es bewirkte?‘

Máire stößt ihr in die Rippen und sagt:
„Sei nicht so trübselig, wir amüsieren uns gut hier
und die Geschichte des Erzählers war wieder
einmal meisterhaft."
„Meinst du, es war nur eine Geschichte?"
„Was soll das heißen?" lacht Máire, „eine
Geschichte ist etwas Lebendiges. In dieser
Geschichte ist Pádraig dem Teufel leibhaftig
begegnet."
Sie zieht mit den Fingern die Augen lang, spreizt
mit den Daumen den Mund und ruft: „Buaah!"
Das sieht so komisch aus, dass Saóirse unvermittelt
lachen muss. Beide kichern albern. Sie plaudern
lustig, bzw. Saóirse muss nichts sagen, Máire hat
ihrer neuen Freundin so viel zu erzählen, dass
Saóirse keine Zeit hat, etwas von sich zu erzählen.
Sie trinken noch ein paar 7Up und schneller als
Saóirse lieb ist, zeigt die Uhr dreiundzwanzig. Bald
muss sie zur Kirche. Dann betritt der
Imbissverkäufer die Bar. Sein Blick schweift durch
das Lokal und bleibt an ihr hängen. Er lächelt sie
an und nickt. Saóirse steigt das Blut in den Kopf,
sie glaubt zu sterben, als er auf sie zukommt.
„Hi Seán", ruft Máire ihm zu, „auf der Pirsch?"
Saóirse meint zu sehen, wie Seáns Gesicht ein
wenig rot wird. Mit einem verlegenen Lächeln sagt
er zu Saóirse:
„Schön, dich wieder zu sehen", dann wendet er

sich, scheinbar ohne Interesse an ihr, ein paar herumalbernden Jungen zu, doch sein Blick wandert immer wieder zu Saóirse. Sie fühlt sich unbehaglich in ihrer Haut und ist fast froh, dass sie bald gehen muss. Máire flüstert leise:
„Ein süßer Junge, leider ist er hinter jedem Rock her, sieh dich vor."
Das Gesagte entsetzt Saóirse und ein unbekanntes, schmerzhaftes Gefühl steigt in ihr auf. Hastig steht sie auf und sagt:
„Ich muss gehen, man wartet auf mich."
Máire sieht sie erstaunt an:
„Aber es ist noch über eine halbe Stunde bis Mitternacht."
„Ich weiß, aber vielleicht kommt mein Vater früher."
Máire steht auf, umarmt Saóirse und küsst sie auf den Mund.
„Sehen wir uns morgen? Da kommt eine alte Geschichtenerzählerin. Sie soll einige hundert Jahre alt sein. Man sagt, sie hat das Gesicht."
„Natürlich", lächelt Saóirse, „ich werde morgen zur selben Zeit hier sein. Ich würde mich freuen, dich zu treffen."
Noch einmal umarmen sich die beiden, dann stürmt sie aus dem Pub, Seáns Blick im Rücken. Die Straßen sind immer noch voller Menschen und Saóirse eilt zur Kirche. Zwanzig Minuten vor

Mitternacht steht sie vor der verlassenen Kirche.
Tatsächlich taucht ein Viertel vor Mitternacht das
Auto ihres Vaters auf.

Obwohl Saóirse von all den neuen Eindrücken der
Kopf schwirrt, fällt sie zu Hause bald in einen
tiefen Schlaf. Sie träumt von Pádraig und dem
Teufel. Doch als sie im hellen Sonnenlicht erwacht,
kann sie sich an nichts mehr erinnern. Mittags geht
Saóirse wieder die Straße hinauf ins Dorf. Sie trifft
ein paar Leute, aber niemanden, an den sie sich von
gestern erinnern könnte. Sie ist erleichtert, als sie
sieht, dass die Burger Stube geschlossen ist.
Überhaupt sind heute nicht so viele Leute auf der
Straße wie gestern. Vor Joyce's Bar stehen heute
keine Jugendlichen, obwohl das Pub geöffnet zu
sein scheint. Aber sie traut sich nicht, allein
hineinzugehen. Sie schlendert vorbei in Richtung
Ortsausgang, bis sich die Straße gabelt. Sie
beschließt, rechts über die kleine Brücke zu gehen,
denn hier war sie noch nie, auch nicht mit ihren
Brüdern.

Sie kommt an ein Denkmal, wo sich die Straße
erneut gabelt. Sie entscheidet sich wieder für
rechts, eine schmale Straße. Nur ganz vereinzelt
stehen hier noch Häuser. Saóirse spürt ein tiefes
Glück in ihrem Herzen. Sie ist wirklich ganz allein
und niemand weiß, wo sie ist. Diese Freiheit hat sie
in ihrem kurzen Leben noch nie gespürt, und die

warme Sonne dieses Augusttages verstärkt das Gefühl noch.

‚Wahrscheinlich ist es noch zu früh für Trubel im Dorf', denkt sie. Das ist auch gut so, denn die Empfindungen dieser Augenblicke wären ihr für heute verborgen geblieben.

Sie kommt an ein altes, verlassenes Haus, hinter dem sie sich wieder für einen Weg entscheiden muss. Hier überkommt sie die Furcht, sich zu verlaufen, und sie blickt den Weg zurück. In der Ferne sieht sie die bekannte Hügelkette quer vor sich. Rechts in der Ferne ist der Nephin deutlich zu erkennen. Dieses Bild ist ihr vertraut und sie weiß nun, dass sie sich nicht verlaufen wird. Sie setzt ihren Weg fort, steigt zügig die kleine Steigung hinauf und bleibt immer wieder stehen, um ihren Blick in die Ferne nach Süden schweifen zu lassen. Sie versucht sich genau zu orientieren und findet heraus, dass die Straße, die sie eine halbe Meile südlich sieht, die nach Kilkelly sein muss. Sie spürt den Stolz des Nomadenmädchens, dem die Fähigkeit zur Orientierung angeboren ist.

Mit viel mehr Selbstvertrauen schreitet sie voran und lässt sich auch nicht mehr beunruhigen, als die Straße sich ein Stück schlängelt und steil bergab führt. Vor ihr liegt eine melancholische Landschaft, ein Tal, ein Fluss. Saóirse weiß, dass es der River Glore ist, in den sich manchmal sogar die Lachse verirren, die über die Bucht von Killala den River Moy hinaufschwimmen und von dort hierherkommen. Andächtig geht sie hinunter ins Tal. Saóirse liebt die Glore, die keine Lobby hat und doch durch die schönsten Landschaften von Mayo fließt. Unten angekommen, überquert sie die kleine Glore-Brücke und beschließt, über die Mauer zu klettern und ein Stück am Ufer des Flusses entlang Richtung Westen zu wandern. Inzwischen ist es sehr warm geworden und als sie zu einem schattenspendenden Busch kommt, setzt sie sich ins Gras und schaut dem Flusslauf zu. Das Rauschen regt ihre Fantasie an und sie verfällt in Träume. Plötzlich wacht sie auf und stellt fest, dass sie wohl eingeschlafen ist. Es scheint ihr nur ein Augenblick gewesen zu sein, dann sieht sie am Stand der Sonne, dass mehr Zeit vergangen sein muss, als sie dachte. Sie macht sich nicht die Mühe, sich zu erinnern, was sie geträumt haben könnte. Zu groß ist die Sorge, etwas Wichtiges verpasst zu haben. Sie springt auf und eilt zurück zur Brückenmauer. Sie klettert hinüber auf die Straße und macht sich auf den Weg nach Kiltimagh. Sie ist vielleicht zehn Minuten gelaufen, als sie von hinten ein Auto hört, das neben ihr hält, bevor sie sich umdrehen kann.

"Hi, Saóirse", sagt das Mädchen auf dem Rücksitz, „willst du heute Abend nicht die Geschichten der

Erzählerin hören? In einer halben Stunde fängt sie
an. Heute Nachmittag waren schon zwei
Geschichtenerzähler da, aber nichts, was uns
interessiert hätte."
„Hallo Máire", antwortet sie ihrer Freundin, die sie
erkannt hat, „ich war schon mal da, aber es war
nichts los."
„Das ändert sich hier sehr schnell", ruft Máire
durch das Autofenster, „wir können sie doch in die
Stadt mitnehmen, oder, Collin?"
Der Fahrer antwortet: „Kein Problem!"
„Ist das wirklich kein Problem?", fragt Saóirse.
„Blödsinn, steig ein, wir werden wieder so viel
Spaß haben wie gestern."
Saóirse steigt ein und ein paar Minuten später
halten sie vor Joyce's Bar. Collin sagt:
„Ladies, hier ist die Show."
Die Mädchen steigen aus.
„Ich suche noch einen Platz für das Auto und
komme gleich nach."
Máire zieht Saóirse in das Pub und sagt beiläufig:
„Collin ist nett, aber manchmal trinkt er zu viel.
Komm, ich muss dich nicht mehr vorstellen."
Das Joycc's ist noch belebter als gestern. Wie ein
Orkan schlägt ihnen das Stimmengewirr entgegen.
Niemand überlässt ihnen heute seinen Platz. Der
leere Thron der Erzähler steht erhaben in der Mitte
des Pubs, niemand wagt es, ihn in Beschlag zu

nehmen.

Saóirses Blick sucht den Raum nach dem Einen ab,
doch er ist nicht da. Obwohl sie erleichtert ist, spürt
sie eine Enttäuschung, eine Enttäuschung von der
Art, die ein Ereignis hervorruft, das man befürchtet,
auf das man sich aber gründlich vorbereitet hat und
das dann doch nicht eintritt. Saóirse lässt sich
nichts anmerken und plötzlich verstummt das
Geschwätz. Nach einer kurzen Stille ertönt lauter
Applaus, der mit einem Mal den Raum erfüllt. Von
der Tür, die in die hinteren Räume führt, bahnt sie
sich ihren Weg zum Stuhl, die Erzählerin. Jetzt
erblicken die Mädchen die alte Frau in den weiten,
bunten Festtagskleidern der Traveller. Aufgeregt
stößt Máire Saóirse mit dem Ellbogen in die Seite
und ruft:

„Das ist sie!“

Saóirse ist wie versteinert.

Die Alte Méabh besteigt den Thron, blickt Saóirse
für einen Moment unvermittelt in die Augen und
legt den Finger auf die Lippen. Langsam löst sich
die Anspannung in Saóirses Körper und macht
Platz für Glück und Geborgenheit. Jetzt sind sie
hier verschworen, sie und die alte Méabh. ‚Werde
ich die Geschichte kennen?‘.

Das Mädchen, das dem Ruf seines Herzes folgte

Wie ihr alle wisst", beginnt sie, „bin ich schon sehr alt, und ich möchte euch von einer Begebenheit erzählen, die meine Urgroßmutter vor langer Zeit in Cill Aodain erlebt hat, noch bevor der Dichter Anthony Raftery dort geboren wurde. Sie war damals eine junge Frau. Die heutige Bohola Road war noch keine richtige Straße und selbst die Nationalstraße 5 war ein Weg, auf dem kaum zwei Planwagen nebeneinander fahren konnten. Die Stadt Kiltimagh, wie wir sie heute kennen, gab es noch nicht, aber die Ansammlung von Häusern, die Tatsache, dass es hier bereits eine Kirche gab und das Handwerk blühte, waren ein sicheres Zeichen dafür, dass hier eines Tages eine Stadt entstehen würde. Damals stellten sie ihre Wohnwagen unweit der Stelle auf, wo heute die drei Pubs von Bohola ihr Dasein fristen. Auch meine Urgroßmutter besaß damals das, was man das Gesicht nennt. Sie machte sich mit einem Rückenkorb voller Waren und ihrer Kunst auf den Weg nach Kiltimagh, um sie den Leuten dort anzubieten. Für den Weg von Bohola nach Kiltimagh benötigte man zu Fuß damals einen halben Vormittag. Gegen zwei Uhr nachmittags machte sie sich auf den Weg.

Auf der Straße nach Kiltimagh kam man am Weg nach Cill Aodain vorbei. Dort stand damals etwas abseits der Straße auf der linken Seite ein strohgedecktes Häuschen, von dem es hieß, es sei nicht ganz geheuer. Niemand mochte den Begriff Spukhaus in den Mund nehmen, denn es wurde noch von einer alten Frau und ihrer Enkelin bewohnt. Die alte Frau war seit mehr als zehn Jahren nicht mehr in Kiltimagh gewesen, weil sie, wie man heute vermutet, wegen einer Arthritis nicht mehr gut zu Fuß war und sich keinen Ochsenkarren oder gar ein Pferdegespann leisten konnte. Alles, was sie für ihr karges Leben brauchten, erwirtschafteten sie auf ihrem steinigen Boden. Vier Ziegen und ein paar Hühner sorgten für gelegentliche Abwechslung und den nötigen Tauschhandel, um die wenigen lebensnotwendigen Dinge zu beschaffen, die man nicht selbst herstellen konnte. Dreimal in der Woche machte sich die inzwischen siebzehnjährige Enkelin mit einem kleinen Handwagen auf den Weg, um Eier und Ziegenkäse auf dem Markt von Kiltimagh zu verkaufen. So weit, so gewöhnlich, denn zu dieser Zeit verdienten sich viele Menschen in der Umgebung des Dorfes auf ähnliche Weise ihren Lebensunterhalt. Was die Leute im Dorf zum Tuscheln brachte, waren einige merkwürdige Umstände und Vorkommnisse, die sie nicht in ihre eigene dörfliche Welt einzuordnen wussten. Die alte Dame war nie sehr gesprächig gewesen, aber seit sie nicht mehr selbst nach Kiltimagh kam, hatten sie kaum mehr als ein halbes Dutzend Dorfbewohner um ihr Haus herum gesehen, geschweige denn mit ihr gesprochen. Die Enkelin hat nie jemand ein einziges Wort sprechen hören, denn sie war seit dem frühen Tod ihrer Mutter stumm, noch bevor sie ihre ersten Worte sprechen konnte. Das Mädchen konnte zwar nicht sprechen, war aber keineswegs taub, so dass es verstand, was gesprochen wurde. Die Stummheit wurde mit den vermeintlichen Lasterhaftigkeiten in diesem Haus in Verbindung gebracht. Die Umstände des Todes der Mutter wurden nie wirklich geklärt, aber da es keinen Vater für dieses Kind gab, sprach man von einem Fluch, der die sündige Mutter und ihren Bastard getroffen habe. Was das Mysteriöse um das kleine Cottage in Cill Aodain vervollständigte, war eine Beobachtung, die ein Bauer und seine Frau machten, als sie in der Nacht zu Allerheiligen mit ihrem Ochsenkarren von Bohola nach Kiltimagh fuhren. Sie waren am späten

Nachmittag in Bohola aufgebrochen, sodass es bereits dunkel war, als sie Cill Aodain passierten. Die transzendenten Dinge, von denen ich im Folgenden berichten werde, offenbaren sich selten vor Einbruch der Dunkelheit. Um diese Jahreszeit dämmerte es bereits gegen fünf Uhr. Als sie halb verschlafen den kleinen Weg zum Cottage in Cill Aodain entlangfuhren, bemerkten sie ein helles, unnatürliches Licht, wie es heute ein Solarium oder ein Fernseher verbreiten würde, nur viel heller. Es leuchtete so unverschämt, dass es den Weg nach Coillte Mách über weite Strecken erhellte und die Farben der Natur so veränderte, dass sie glaubten, durch die Hölle zu gehen. Man kann sich vorstellen, dass ihnen fast das Herz stehen blieb, denn eine solche Lichtfarbe war damals noch nicht bekannt. Wie froh waren sie, als sie endlich wieder in die schützende Hülle der Dunkelheit eintauchen konnten. Ihre Neugier über die Quelle dieses schrecklichen Lichtes war nicht groß, denn sie trieben ihren Ochsen an, als ob der Satan persönlich hinter ihnen her wäre.

Noch in derselben Nacht verbreitete sich die Nachricht von diesem Ereignis im ganzen Dorf. Von da an sprach man nur noch davon, wenn man Cill Aodain erwähnte. Als das Mädchen zum ersten Mal nach diesem Ereignis ihre

Waren auf dem Markt anbot, mochte niemand
mit ihr handeln. Das traurige Mädchen wollte
sich schon unverrichteter Dinge auf den
Heimweg machen, als ein etwa fünfzigjähriger
Mann mit feuerrotem Haar an ihren Wagen
herantrat. Im Dorf nannte man ihn nur den
gottlosen Tom. Er lebte allein hoch oben in den
Bergen und niemand wusste so recht, was er tat;
man ging ihm aus dem Weg. Die Mütter legten
schützend die Arme um ihre Kinder, wenn er
ihnen begegnete. Dabei hatte Tom noch nie
jemandem etwas getan, allein die Tatsache, dass
er nicht gerne redete und nie in der Kirche
gesehen wurde, machte ihn den Leuten
unheimlich.

„Ich nehme alles, was du mit dir trägst“, sagte
Tom, „ich kann es nur nicht nach Hause tragen.
Wenn du mich mit deinem Wagen begleitest,
gebe ich dir, was du brauchst, ich habe alles im
Haus.“

Das Mädchen nickte, und so machten sich beide
auf den Weg in die Berge. Man kann sich
vorstellen, dass dies die Gerüchteküche zum
Brodeln brachte. Die Dorfbewohner fürchteten,
dass etwas Schreckliches über das Dorf
hereinbrechen würde, denn sie sahen in dieser
Begebenheit die Verbindung des Bösen. Als

man das Mädchen später fröhlich mit einem Wagen voller Stoffe, Salz, Mehl und vielen anderen Waren durch das Dorf in Richtung Cill Aodain ziehen sah, versammelte man sich einmal mehr als sonst am Tag in der Kirche, um gegen das aufkeimende Böse zu beten. Bald war man der Meinung, dass Beten allein nicht mehr ausreichte, und der Gedanke an einen Kreuzzug gegen das Böse wurde nicht mehr nur hinter vorgehaltener Hand geäußert.

In der folgenden Zeit stieg der gottlose Tom immer öfter von seinen Bergen herab und besuchte die alte Frau und ihre Enkelin in Cill Aodain. Bald sah man ihn und das Mädchen Hand in Hand auf dem Coillte Pfad oder in den Bergen wandern. Wenn das Mädchen mit dem Handwagen ins Dorf hinunterging, brachte es seine Waren nicht mehr wie früher auf den Markt, sondern zog ihn bis ans Dorfende und dann in die Berge. Oft sah man sie erst am nächsten Tag wieder mit Tauschwaren in die entgegengesetzte Richtung laufen. Der gottlose Tom und das Mädchen hätten ein sündhaftes Verhältnis, hieß es, und es bestand kein Zweifel, dass Gott die beiden strafen würde, wie er seinerzeit die Mutter des Mädchens bestraft hatte. Ein neues Unglück würde die beiden und die Alte, die es duldete, heimsuchen.

Dann schlug das Schicksal zu. Das Unglück traf das Mädchen in ihrem neunzehnten Lebensjahr, ein Schicksalsschlag, der das ganze Dorf in betretenes Schweigen hüllte, der viele Augen mit Tränen füllte, Augen, die vor nicht allzu langer Zeit das Mädchen am liebsten unter dem Fluch Gottes erschlagen gesehen hätten."

Hier macht die alte Méabh eine lange Pause. Die Stille im Pub ist dick wie kalte Mehlsoße. Sie wirft einen Blick in die Runde, blickt in manch betretenes Gesicht und fährt dann mit einer Spannung fort, die man spürt.

„Als meine Urgroßmutter kam, war es schon zu spät. Obwohl sie schon damals viele medizinische Künste beherrschte, konnte sie dem Mädchen nur noch ihren Schoß anbieten und es segnen, bevor seine Seele den Körper für immer verließ und sein Leiden beendete. Ihre Kleider waren zerrissen und blutdurchtränkt. Sie wickelte den zerschundenen Körper in einen der mitgebrachten Stoffballen, um die klaffenden Wunden zu bedecken. Ein sechsjähriger Junge und seine ein Jahr ältere Schwester saßen verstört und weinend am Wegesrand. Nur mühsam konnte sie, während sie ihre verhältnismäßig leichten Wunden verband, aus den Bruchstücken, die sie unter Tränen erzählten und die immer wieder von krampfhaftem Weinen unterbrochen wurden, das folgende Geschehen rekonstruieren.

Die Kinder hatten am Nachmittag auf dem Feld gespielt und waren bei Einbruch der Dunkelheit auf dem Rückweg ins Dorf. Plötzlich tauchten, wie aus dem Nichts, zwei große schwarze Hunde auf und stürzten sich ohne einen Laut von sich zu geben auf das Geschwisterpaar. In dem Moment, als die Kinder zu Boden geworfen wurden, kam das stumme Mädchen, das mit seinem Handwagen auf dem Weg nach Cill Aodain war, laut schreiend um die nächste Wegbiegung gerannt. Es hatte seinen Handwagen zurückgelassen, weil es die tödliche Gefahr spürte, als es die Schreie der Kinder hörte. Mit bloßen Händen stürzte es sich auf eines der schwarzen Bestien, die direkt über dem Jungen stand. Als es die Bestie mit aller Kraft an den Ohren packte, ließ sie von ihm ab und stürzte sich auf das tapfere Mädchen. Auf dem Boden liegend kämpfte es wie besessen mit dem übermächtigen Gegner. Auch das zweite Biest hatte von der Schwester abgelassen und stürzte sich auf das Mädchen. Die schwarzen Teufel verbissen sich in einem unstillbaren Blutrausch. Da hörten die Geschwister das stumme Mädchen die einzigen Worte rufen, die je einem

Menschen zu Ohren gekommen waren: „Lauft, Kinder, lauft, so schnell ihr könnt!"

Die Hunde hatten bereits von ihrem sterbenden Opfer abgelassen, als meine Urgroßmutter hinzukam", sagt die Erzählerin. Dann fährt sie fort:

„Sie nahm den Handwagen der toten Heldin und fuhr sie den kurzen Weg nach Cill Aodain. Die beiden Kinder, immer noch verstört, begleiteten sie. Als die alte Frau ihre tote Enkelin sah, blieb sie ganz ruhig.

„Es ist etwas prophezeit worden", sagte sie, „in der Nacht zu Allerheiligen ist uns ihre Mutter erschienen, wir haben sie beide gesehen. Sie sagte, dass Saóirse ihren Vater treffen würde, der in den Bergen von Kiltimagh lebe. Sie sollten eine kurze, glückliche Zeit miteinander verbringen, bevor ein Ereignis, welches das ganze Dorf in tiefe Trauer stürze, Saóirse für immer zu ihr bringen würde. Die ersten Worte, die sie je sprechen würde, sollten auch ihre letzten sein.

Die alte Méabh macht eine kurze Pause, schaut mit ihren klugen Augen in die Runde und fährt fort:

„Hier endet die Geschichte des Mädchens, das seinem Herzen folgte, auch wenn es in den Tod

führte. Mit ihrer mutigen Tat hat sie die Herzen der Menschen gewonnen, deren Unverständnis und Unwissenheit dieses Mädchen bereits verurteilt hatten. Nun", schließt die alte Frau ihre Erzählung mit einem Augenzwinkern, „die Menschen in Kiltimagh haben aus diesen Ereignissen natürlich ihre Lektion gelernt. Ich habe nie gehört, dass man hier in dieser Stadt jemandem etwas Schlechtes nachsagt, bevor man ihn wirklich kennt. Aber in unserem Stamm benennen wir seit diesem Ereignis in jeder Generation ein Mädchen nach der stummen Heldin, die, so schwer es auch war, im entscheidenden Moment ihrem Herzen gefolgt ist."
Saóirse war sehr gerührt, ihr wurde mit einem Mal bewusst, dass die alte Méabh diese Geschichte nur ihr erzählt hatte, die anderen im Pub waren nur Kulisse. Den begeisterten Applaus, der nach einer kurzen Pause einsetzte, nahm sie kaum wahr.
Immer wieder gingen ihr die Worte der Alten Méabh durch den Kopf:
Der Ruf des Herzens ist sehr leise, aber so wie das Mädchen im entscheidenden Moment gehandelt hatte, musste ihr Herz wirklich geschrien haben, lauter als ihr Verstand. Ihr Verstand hätte ihr gesagt: Halt dich da raus, du hast keine Chance. Diese und andere Gedanken gingen ihr durch den Kopf. Die stumme Heldin, ihre Namensvetterin, kam ihr wieder in den Sinn, hätte sie sich auch so

mutig auf diese schwarze Bestie gestürzt? Allein der Gedanke an ein solch blutrünstiges Ungeheuer ließ sie schaudern und sie musste sich schmerzlich eingestehen, dass sie diesen Mut nicht aufgebracht hätte. Sie empfand Trauer und Scham, überschätzte die Alte Méabh nicht ihre Möglichkeiten?

Ohne dass Saóirse ihre Annäherung bemerkt hätte, hört sie die Stimme der Alten zu sich sagen:

„Bedenke, dass der große Ozean aus vielen kleinen Tropfen besteht. Nicht wenige große Dinge machen ein Leben aus, sondern die vielen kleinen, also sei nicht zu streng mit dir selbst."

Wieder scheint die Alte ihre Gedanken erraten zu haben, lächelnd wendet sie sich ab und verlässt das Lokal, viele Augen folgen ihr.

„Was hat sie dir gesagt?", fragt Máire neugierig und fast ein wenig eifersüchtig. Saóirse wiederholt nur das mit dem Ozean.

„Sie muss sehr weise sein", nickt Máire anerkennend, „ob sie wirklich mehrere hundert Jahre alt ist?"

„Darauf kannst du dich verlassen", sagt Saóirse selbstbewusst. Die Worte der Alten haben ihr gut getan, die Selbstzweifel sind von ihr gewichen.

Aus Gesprächsfetzen schnappt Saóirse auf, dass die Menschen hier noch immer mit dem Schicksal des stummen Mädchens beschäftigt sind. Ob sich so etwas tatsächlich vor langer Zeit in Cill Aodain

zugetragen haben könnte, darüber gehen die
Meinungen auseinander. Ob wahr oder nicht, es
scheint die Menschen hier zu beschäftigen.

„Gleich kommt eine Erzählerin, die ich noch nicht
kenne", sagt Máire, „sie soll auch sehr gut sein und
aus Sligo kommen. Lass uns noch etwas trinken
und auf sie warten."

Saóirse ist einverstanden und freut sich auf die
nächste Geschichte. Sie albern ein wenig herum
und bemerken nicht, dass die Erzählerin schon
unter ihnen weilt. Da läutet Paul mit einer Glocke
und alle wissen, dass jetzt die Erzählerin kommt,
die hier noch niemand kennt.

„Ich möchte euch heute eine junge Meisterin der
Erzählkunst vorstellen, die ich in Sligo Town
kennengelernt habe und die ich euch auf keinen
Fall vorenthalten wollte", beginnt Paul mit seiner
tiefen, bedächtigen Bassstimme. „Das ist Adeen O
Carroll und sie kommt auch aus Sligo. Mit ihren
erst neunundzwanzig Jahren ist sie eine brillante
Geschichtenerzählerin. Bitte Adeen, ich bitte dich
auf den Erzählerthron", Paul deutet mit beiden
Händen auf den erhöhten Stuhl in der Mitte des
Pubs. Gleich neben Saóirse und Máire bahnt sich
eine junge Frau einen Weg durch die Menge und
klettert auf den Stuhl. Niemand hätte sie für eine
Geschichtenerzählerin gehalten, sie trägt ganz
normale Kleidung, eine Bluse und Jeans. Ein

erstauntes Raunen geht daher durch die Menge, sie war eine ungewöhnliche Erscheinung auf diesem Stuhl. Paul bringt ihr ein Glas Smithwick's. Mit einem Mal ist es mucksmäuschenstill.

„Ja, ich bin eine biertrinkende Frau, aber keine Sorge, ich bin nicht Dicey Reilly", beginnt sie mit einem Augenzwinkern und einer kräftigen Altstimme. Jeder kennt Dicey Reilly und sie lachen.

„Ich möchte euch eine Geschichte erzählen, die ich, so wahr ich hier sitze, selbst erlebt habe. Ich denke, ihr werdet mir jetzt glauben, ob ihr mir nach der Geschichte noch glaubt, werden wir sehen. Das Mädchen in der Geschichte heißt, das ist jetzt nicht besonders überraschend, Adeen. Aber ich werde sie mit Distanz erzählen. Ich habe diese Geschichte "Das Loch in der Wand" genannt, und ihr werdet bald sehen, warum.

Das Loch in der Wand

In einer kleinen Stadt in Sligo lebt das kleine Mädchen Adeen mit ihrem Vater und ihren beiden großen Brüdern. Vor einem halben Jahr, als Adeen noch fünf Jahre alt war, war die Mutter nach einem schweren Leiden gestorben. Sie war die beste Mutter, die man nur haben konnte und die Kleine kann nicht verstehen, dass sie nie wieder nach Hause kommen sollte. So lange ist Mom schon fort und sie hat sehr große Sehnsucht nach ihr. Wie oft haben sie und Dad allein in der Stube gesessen, von Mom erzählt und geweint, sie weiß, dass Dad sie auch sehr vermisst. Häufig aber sitzt sie allein in ihrem Zimmer und denkt an glückliche Zeiten. Mom lachte viel und gerne und Adeen erinnert sich oft an ihr Lachen. Sonntags nach der Kirche hatte Mom das Mittagessen vorbereitet, alle saßen sie dann um den großen Küchentisch und es war sehr fröhlich bei ihnen zugegangen. Mom hatte die Familie immer zusammengehalten.

Heute gehen alle mehr oder weniger eigene Wege und sonntags ist sie meistens bei ihrer Lieblingstante zum Essen. Sie gab ihr Trost in der schwersten Zeit, doch Mom konnte auch sie nicht ersetzen.

Adeen ist heute allein zu Hause und es ist ihr

sehr heiß. Sie hat sich halb auf ihr Bett gelegt
und schaut die Kringel des Tapetenmusters an.
Nach einer ganzen Weile beginnen diese zu
tanzen und wie so oft wird die Zeit, als Mom
noch da war, lebendig vor ihren Augen. Sie
erinnert sich, wie diese ihr die Haare kämmte
und Spangen hineinklemmte, wie sie ihr zeigte
die Schuhe zu schnüren. Sie erinnert sich an
zärtliche Umarmungen und Küssen, wenn Mom
sie für die Vorschule verabschiedete. Es ist, als
ob ein Film auf der Wand abläuft und
dazwischen tanzen und kreisen die Kringel.

Doch dann meint Adeen, dass alle um einen
einzigen kleinen Wirbel kreisen und ihre Augen
fixieren ihn. Bald verschmieren die kreisenden
Ringe auf der Wand und in der Mitte des
Wirbels entsteht ein Loch. Es ist zunächst
schwarz, das Dunkel zieht sich zusammen und
rund herum ist es nun blau wie der Himmel.
Adeen schaut gebannt auf das Loch, das jetzt
langsam größer wird, nun erkennt sie im
Zentrum ein blaues Auge. Sie müsste sich
eigentlich fürchten, doch das Auge schaut sie
liebevoll an. Dann erkennt Adeen, dass es Moms
Auge ist. Die Wirbel verschwinden nach und
nach im Rand und jetzt erscheint Moms
lächelndes Gesicht, zuerst ihr Kopf und dann
steht sie in voller Größe im Zimmer. Adeens

Herzchen pocht vor freudiger Erregung, endlich ist sie zurückgekommen. Sie trägt eine weiße Schürze, diejenige, die sie sonntags trug, wenn sie das Mittagessen vorbereitete.

Adeen springt von ihrem Bett auf und stürzt sich in ihre Arme. Mom drückt sie fest und küsst ihre Stirn.

„Mein kleines tapferes Mädchen", sagt Mom, „ich weiß, wie sehr du mich vermisst hast, aber ich konnte mich dir nicht eher zeigen. Ich war aber immer bei dir, wenn du an mich gedacht hast."

„Jetzt darfst du aber nie, nie wieder von mir gehen", ruft Adeen, „wenn Dad doch nur hier wäre, er vermisst dich auch so sehr."

Das Gesicht Moms schaut gütig und ernst als sie sagt:

„Ich weiß, mein Kind. Doch jetzt bin ich hier, um dir alles zu erklären. Ich möchte, dass du verstehst und ich muss dich bitten, ganz tapfer zu sein. Ich werde auch Dad und deine Brüder noch besuchen, auch sie müssen tapfer sein."

Adeen wird es bang ums Herz und sie weiß, dass sie es wirklich sein muss, wenn Mom es sagt.

„Vertraue mir", sagt Mom, „wenn du erst alles

verstanden hast, wird es nicht mehr so schlimm sein."

Adeen beschließt sie nicht zu enttäuschen, denn sie vertraut ihr.

Mom nimmt sie an die Hand und geht mit ihr geradewegs durch die Wand. Zunächst ist es dunkel, Adeen spürt die Hand Moms und hat keine Angst. Dann wird es zunehmend heller und wenig später befinden sie sich auf einer frischen grünen Wiese mit vielen bunten Blumen. Die Sonne steht hoch am Himmel und strahlt hell und freundlich auf sie herab. Mom bleibt stehen und sagt:

„Das ist ein gastlicher Ort, lass uns hier ruhen."

Sie setzt sich ins Gras und lässt Adeen sich mit dem Rücken zu ihr setzen. Von hinten umarmt sie ihre Tochter und verschränkt die Arme um ihre kleinen Schultern. Dann beginnt sie ganz behutsam:

„Hast du schon einmal bemerkt, dass alle Dinge, die Blumen, die Tiere und auch die Menschen kommen, eine Weile bleiben und dann wieder gehen?"

Sie schaut sich um und zeigt auf eine leuchtend rote Blume.

„Dieser schöne, stolze Klatschmohn ist aus

einem einzigen Samenkorn entstanden."

Dann deutet sie auf eine Knospe der gleichen Blume.

„Da ist sie noch jung, so wie du. Sie hat die Welt noch nicht richtig gesehen. Doch bald schon wird sie sein wie ihre ältere Schwester, leuchtend rot und strahlend schön. Die Bienen und die anderen Insekten werden ihre Schönheit loben, sie besuchen und ihre Gastfreundschaft genießen. Doch schon bald wird sie schwächer werden und dann ihr schönes Kleid abwerfen."

Sie greift den Stängel einer verwelkten Klatschmohnblüte, die letzten Blätter fallen ab, als sie sie pflückt. Sie zeigt sie Adeen und fährt fort:

„Sie wurde geboren, ist gewachsen und erblühte stolz und schön wie die, die ich dir gerade gezeigt habe. Jetzt ist ihre Zeit vorbei und die Blume ist gestorben. Jetzt kannst du sagen: „Das ist traurig", in Wirklichkeit ist es das aber nicht, sie hat nämlich nicht umsonst gelebt, sondern eine wichtige Aufgabe erfüllt. Sie nimmt den Blütenkorb in beide Hände und bricht ihn auseinander. Sie reibt eine Hälfte zwischen ihren Fingern und kleine Fasern werden sichtbar; sie zeigt sie Adeen und sagt:

„Die Mutter hat viele kleine Kinder hinterlassen

und aus jedem dieser Samen kann eine neue
Blume entstehen. Damit im nächsten Jahr
wieder die stolzen Blumen blühen können,
müssen die alten sterben. In Wahrheit ist
Sterben nichts anderes als Vorbereitung für das
Weiterleben. Wir müssen also nicht traurig sein,
wenn diese Blume hier gestorben ist, denn sie
wird viele neue hervorbringen.

Das gilt aber nicht nur für diese Blumen,
sondern auch für Bäume, Tiere und letztendlich
auch für die Menschen. Jede Art hat ihren
eigenen Lebensrhythmus und auch innerhalb der
Arten lebt das eine kürzer und das andere länger.
Von all den Arten des Lebens sind wir
Menschen etwas Besonderes, denn wir haben
die Fähigkeit, über unser Leben nachzudenken.
Sieh einmal, du bist noch klein und weißt noch
nicht so viel, du weißt aber schon, dass du da
bist. Damit weißt du mehr als alle Tiere und
Pflanzen. Obwohl du erst fünf Jahre alt bist,
weißt du mehr als ein fünfzigjähriger Elefant
oder eine zweihundertjährige Schildkröte. Alles
was du siehst, riechst, schmeckst und fühlst ist
einmal aus dem Staub dieser Erde entstanden,
die Pflanzen, die Tiere und die Menschen. Der
Staub dieser Erde ist vor langer, langer Zeit aus
der Sonne entstanden, und die Sonne ist nur ein
kleiner Teil eines weit verstreuten Haufens, der

irgendwann einmal ein großes Ganzes war. Wenn du dir die Sonne anschaust oder in der Nacht die Sterne, so siehst du den Staub der Sterne, aus dem auch du geschaffen bist. Du kannst also in den Himmel schauen und sagen: Das bin ich.

Kein Lebender weiß, wie all das entstanden ist, die einen sagen, es war schon immer da und die anderen sprechen von einem großen Knall, bei dem der Sternenstaub entstanden ist und aus dem sich die Sternenhaufen, Galaxien genannt, gebildet haben. Wieder andere sprechen von Gott, der den Sternenstaub geschaffen hat. Was auch immer davon richtig ist, vielleicht gibt es ja noch eine vierte oder fünfte Möglichkeit, die wir Menschen noch nicht kennen, es ist alles phantastisch und erstaunlich. Eine Welt, die sich selbst erschaffen hat ist genauso möglich oder unmöglich wie die Schöpfung durch Gott. Eigentlich müssten die Menschen den ganzen Tag und ihr gesamtes Leben mit offenem Mund herumlaufen, weil sie aus dem Staunen nicht herauskommen. Doch in Wirklichkeit staunen nur wenige. Ein Kind staunt noch über alles, was um es herum passiert, die Erwachsenen aber haben es verlernt. Sie nehmen alles als selbstverständlich, obwohl die meisten nicht verstehen, was um sie herum passiert, sie denken einfach nicht darüber nach. Sie sehen die Sonne und die Sterne und staunen nicht einmal darüber, obwohl sie nicht wissen, wie diese dahin kommen oder was sie dort festhält. Gehe hinunter in die Stadt und sage:

„Ich komme von der Sonne und von den Sternen", die kleineren Kinder werden sicher neugierig mehr darüber hören wollen, die großen Kinder würden dich vielleicht auslachen und Erwachsene dich belächeln. Nur wenige werden wissen, dass du Recht hast. Die meisten Menschen leben also ihr Leben lang in einem Dämmerschlaf. Ihre unwichtigen kleinen Dinge nehmen sie wichtig, sie verehren ihren Besitz und das Geld. Sie wissen aber nicht, dass sie in ihre eigene Vergangenheit blicken, wenn sie in den Himmel schauen. Dennoch hat es schon immer Menschen gegeben, die in den Himmel geblickt und das Geheimnis erkannt haben. Es gibt Beispiele, dass einige allen Besitz aufgegeben haben, als sie aus dem großen allgemeinen Dämmerschlaf erwachten.

Nur manchmal im Leben erfährt jeder den Hauch der Ewigkeit, nämlich dann, wenn ein geliebter Mensch von uns geht. Viele sind durch ein derartiges Erlebnis aufgewacht und nie wieder eingeschlafen.

Du, mein kleines Mädchen, musstest den Hauch der Ewigkeit schon sehr früh fühlen, nämlich an dem Tag, als die Ewigkeit mich zu sich gerufen hat. Ich bin nicht freiwillig von dir gegangen, denn wir Menschen haben nicht die Wahl. Ich möchte aber nicht, dass du, wie die meisten Menschen, einfach wieder einschläfst und für den Rest deines Lebens im Zustand der Dämmerung verbringst, solange, bis die Ewigkeit auch dich zu sich ruft.

Ich bin zurückgekommen, um dir noch einmal einen kleinen Blick zu gewähren, damit du für den Rest deines sicher noch langen Lebens mit wachem Verstand durch das Leben gehst. Verlerne niemals das Staunen, das dir jetzt als Kind noch gegeben ist. Bleibe selbstbewusst und lasse dich von den Schlafenden nicht davon abbringen, wenn du sagst: „Ich stamme von der Sonne und von den Sternen."

Wenn Leute darüber lachen, sind sie dumm, weil sie es nicht verstehen.

Ich sage dir jetzt das Wichtigste, und mein größter Wunsch ist, dass du es verstehst. Ich bin eigentlich gesandt worden, um dich zu mir in die Ewigkeit zu holen. Ich möchte aber, dass du durch jenes Loch zurück in das Leben gehst, du hast noch so viel zu lernen, bevor ich hier wieder auf dich warte. Ich sagte dir, dass du tapfer sein musst, denn ich kann nicht mit dir gehen. Ich habe bereits meinen Platz im Himmel, an den ich zurückkehre. Eines Tages jedoch kommen wir wieder zusammen. Die Zeit mag dir lang erscheinen, in der Ewigkeit ist es nicht einmal ein Augenblick. Ich werde an der Pforte stehen und dich abholen, und dann werden wir uns nie wieder trennen. Denke immer daran, wenn du meinst mich zu vermissen. Es wird eine Zeit kommen, dann wird dein Leben voller Freude sein und du wirst mich nicht einmal mehr vermissen, weil du fühlst, dass ich in deinem Herzen bin.“

Mom erhebt sich aus dem Gras und nimmt Adeen an die Hand. Ihr Gesicht lächelt in einer Schönheit und Liebe, wie Adeen es selbst früher nie gesehen hat.

„Komm, mein kleines tapferes Mädchen“, sagt sie, „Dad und all deine Lieben warten auf dich, ich bringe dich zur Pforte. Sag ihnen, ich habe sie alle lieb und sie brauchen sich keine Sorgen machen.“

Sie verlassen die bunte Wiese und gehen auf ein dunkles Loch zu. Mom bleibt stehen und lächelt Adeen liebevoll zu:

„Da musst du durch, und denke daran, dass ich

eines fernen Erdentages hier auf dich warten werde. Ich weiß, du bist ein kluges Mädchen und wirst mit offenen Augen durch das Leben gehen. Du bist von der Sonne und von den Sternen gekommen und wirst einmal dorthin zurückkehren, schaue dich nicht mehr um."

Adeen tut, was Mom sagt. Als sie in das dunkle Loch geht scheint sich alles um sie herum zu drehen. Sie schließt die Augen, sie erkennt die Stimme des Doktors, der sagt:

„Sie hat es überstanden, das Fieber ist zurückgegangen."

Als sie die Augen öffnet, stehen alle, die sie liebhat, an ihrem Bett versammelt, darauf sitzt Dad und hat ihre kleinen Händchen in die seinen genommen. Seine Augen sind voller Tränen, doch es steht ein Lächeln auf seinem Gesicht.

„Warum weinst du denn, Dad? Ich bin bei Mom gewesen, aber sie konnte nicht mitkommen. Sie hat euch alle lieb und ihr sollt euch keine Sorgen machen."

Der Vater nimmt Adeen zu sich hoch, herzt sie fest und flüstert ihr ins Ohr:

„Ich weiß, mein kleines, tapferes Mädchen. Du bist aus der Ewigkeit zurückgekehrt. Eines Tages werden wir alle dort mit Mom zusammen sein. Doch jetzt bin ich froh, dass du noch sehr,

sehr lange bei uns bleiben wirst."

Hier endet Adeens Geschichte.

„Ich danke euch ganz herzlich für eure Aufmerksamkeit. Ich möchte noch ergänzen, dass Mom tatsächlich auch Dad besucht und ihn getröstet hatte. Sie können meinen Dad fragen, er redet auch offen darüber. Er weilt noch unter uns und wir erzählen oft von Mom. Meine Brüder haben nicht mit mir darüber gesprochen, aber, wenn Mom es mir gesagt hat, dann hat sie es auch getan. Ich frage auch nicht nach, jeder geht anders mit seinen Verlusten um – es ist die persönlichste Sache der Welt. Für mich ist es die schönste Vision vom Himmel, dass man eines Tages mit all seinen Liebsten dort wieder zusammenkommt. Ich hoffe und wünsche, dass der eine oder andere, der schon einen solchen Verlust erlitten hat, Trost aus meiner Erzählung schöpfen kann. Noch einmal, Danke euch allen!"

Während des gesamten Vortrags blieb es mäuschenstill, was noch eine ganze Weile anhielt. Nicht einmal Bestellungen wurden während des Vortrags geordert. Dann brodelt plötzlich der Applaus auf und rolle wie ein Dammbruch durch das Lokal. Saóirse und Máire wischen Tränen aus den Augen, die sie nicht unterdrücken konnten. Für sie gibt es keinen Zweifel daran, dass diese Geschichte sich so ereignet hatte. Tatsächlich beruht sie auf einer wahren Begebenheit.

Man ist sich einig, dass es eine besondere Geschichte war, die man mit den anderen nicht vergleichen kann. Es dauert eine Weile, bis der normale Trubel wieder in Gange kommt. Die Erzählerin steht mit ein paar jungen Leuten an der Theke und plaudert fröhlich mit ihnen bei einem Pint. Man konnte sie auf ihre Geschichte ansprechen und sie ging ganz offen damit um. Sie weiß, dass ihre Mom sie eines Tages wieder in ihre Arme schließen wird.

Die Zeit ist schon fortgeschritten und Saóirses Freizeit für diese Woche neigt sich dem Ende zu. Da sieht sie Seán aus einer Gruppe von Jungen herauskommen, sie hatte ihn gar nicht bemerkt. Er bahnt sich einen Weg durch die dicht gedrängten Körper und kommt direkt auf sie zu. Ihre Knie werden weich, ein Gefühl, das sie bisher nicht kannte. Am liebsten würde sie auf der Stelle verschwinden; dann ist er bei ihr.

„Heißt du nicht auch Saóirse, wie das Mädchen in der vorletzten Geschichte?" Ihr schießt das Blut ins Gesicht, verlegen nickt sie.

„Und stumm wie unsere Heldin", neckt er sie.

„Verpiss dich", sagt Máire, „hier gibt es nichts zu holen, ich habe das Mädchen über dich aufgeklärt."

„Könntest du dich zur Abwechslung einmal um deinen eigenen Kram kümmern?", reagiert Seán etwas genervt.

„Mädchenklatsch, hör nicht auf sie", sagt er an Saóirse gewandt, „ich weiß, dass ich einen schlechten Ruf habe, aber das macht mir nichts aus, solange man mir nicht in die Quere kommt."

„Saóirse steht unter meinem Schutz, also komme ich dir in die Quere", erwidert Máire unbeirrt. Seán beachtet sie nicht.

„Ich möchte mich mit dir verabreden", sagt er zu Saóirse. Diese nimmt all ihren Mut zusammen und hört sich selbst sagen:

„Bist du nächsten Samstag im Imbiss?"

„Nächsten Samstag?", fragt er leicht irritiert, „das ist doch noch fast eine Woche, ich bin zurzeit jeden Tag ab eins dort, außer sonntags."

„Nächsten Samstag", beharrt Saóirse, „dann kannst du mir einen Vorschlag machen."

„Also gut, Samstag bei mir." Er lächelt sie an und verlässt umgehend das Pub, worüber Saóirse erleichtert ist, denn sie hatte für diese Verabredung all ihren Mut zusammengenommen. Ihn jetzt noch einmal anzusehen, hätte sie nicht ertragen.

„Ich kann dich nur warnen", sagt Máire sichtlich besorgt, „du weißt noch lange nicht alles über ihn, er spielt den Mädchen übel mit. Die, die ihn nicht kennen, sind verrückt nach ihm, er sieht gut aus, deshalb merken sie nicht, was für ein schlechter Mensch er ist. Er hat immer mehrere Freundinnen

gleichzeitig, in Dublin, wo er studiert, hier, in
dieser Umgebung. In Balla hat er ein Mädchen sehr
schlecht behandelt."

„Hör auf", sagt Saóirse genervt, „ich möchte mir
selbst ein Bild machen, es wird so viel geredet."

„Du bist kurz davor, ihm auf den Leim zu gehen,
du wirst nicht glücklich mit ihm. Wenn er dich erst
einmal hatte, wird er dich fallen lassen wie eine
heiße Kartoffel."

„Wenn", erwiderte Saóirse, „ich möchte jetzt nicht
mehr darüber reden. Übrigens ist es schon zwanzig
Minuten vor Mitternacht, ich muss mich beeilen."
Sie küsst Máire links und rechts auf die Wange und
verabschiedet sich:

„Danke für deine Gesellschaft, wir sehen uns in der
nächsten Woche." Sie dreht sich zur Tür und geht.
Als sie an der Kirche ankommt, wartet der Vater
bereits auf sie.

Für Saóirse wird die Woche unerträglich lang.
Ungeduldig sehnt sie den Samstag herbei, obwohl
ein kleiner Stachel in ihrer Seele kratzt. Die Saat
des Misstrauens ist gelegt, die Frage ist nur, ob sie
aufgehen wird. Doch der Wunsch, Seán
wiederzusehen, ist stärker und drängt den leicht
bitteren Geschmack in den Hintergrund.

Endlich ist es wieder Samstag, und Saóirses
Vorfreude ist ungetrübt. Niemand hatte sie bisher
nach ihren Erlebnissen gefragt, nicht aus

Desinteresse, sondern um ihr die Möglichkeit zu geben, alles unbeeinflusst zu verarbeiten. Wenn sie Rat brauchte, wandte sie sich an ihre Eltern oder an die alte Méabh, das wusste man. Jetzt aber, als Saóirse ihrem Vater einen Kuss gibt und aussteigen will, fragt er lächelnd:

„Hast du ein Rendezvous?" Sie errötet, als sie sagt: „Ich weiß nicht, ich glaube schon."

„Tu nur, was du wirklich willst, wenn du Zweifel hast, lass es besser."

„Ja, Papa", sagt sie, „danke." Sie drückt ihm noch einen Kuss auf die Wange und steigt aus.

Jetzt ist es soweit, und sie spürt die Aufregung. Auf den Straßen herrscht normale Geschäftigkeit, Hausfrauen kaufen ein, Traktoren fahren durch den Ort, Männer in Arbeitskleidung überqueren die Straße, um im Coffee Shop oder im Cill Aodain Hotel zu Mittag zu essen. Einige junge Burschen grüßen sie mit „Wie geht's, Saóirse?", es scheinen sie hier mehr Leute zu kennen, als ihr bewusst ist. Es ist eine unangenehme Tatsache, dass man sich den Namen eines Fremden so leicht merken kann. Aber es ist kaum möglich, in so kurzer Zeit alle Leute wiederzuerkennen. Das weiß man zwar in der Regel, aber es bleibt das Gefühl, dass man einen namentlichen Gruß hätte erwidern müssen. Man fühlt sich ständig in der Defensive.

Als Saóirse den Burger-Imbiss erreicht, bleibt sie

einen Moment unschlüssig vor dem Fenster stehen und schaut hinein. Seán hat sie bereits gesehen und kommt mit einem fröhlichen Lachen zur Tür gelaufen. Saóirse denkt, er sieht in seiner weißen Schürze sehr hübsch aus.

„Komm herein“, lächelt er und streckt ihr die Hand entgegen. Sie ergreift sie und folgt ihm in den hinteren Raum.

„Schön, dass du so früh da bist, um diese Zeit ist noch nicht so viel los, da können wir uns ein bisschen unterhalten“, und fast beiläufig fügt er hinzu, „ich habe mich auf dich gefreut.“ Sie wird rot, als sie sagt:

„Ich mich auch.“ Dann wird sein Gesicht ernst, als er sagt:

„Deine Freundin war diese Woche zweimal hier und hat mich gebeten, dich in Ruhe zu lassen. Was hat sie dir über mich erzählt?“

Nach einer kurzen Pause antwortet Saóirse:

„Nichts wirklich, ich wollte nichts wissen.“

„Du solltest auch nicht alles glauben, hier wird viel geredet.“

„Ich nehme an“, sagt Saóirse, „wenn es etwas Wichtiges über dich zu sagen gibt, wirst du es mir selbst sagen. Im Übrigen bist du mir keine Rechenschaft schuldig, wir kennen uns ja kaum.“

„Schön, dass du das so siehst“, antwortet Sèan, „aber ich möchte, dass du die Wahrheit erfährst und nicht das, was über mich gesagt wird." Saóirse macht eine abwehrende Geste:

„Ich lasse mir nichts erzählen, lass uns erst einmal kennen lernen, bevor du dich verteidigst, obwohl ich dich nicht angreife. Ich möchte mich nicht durch vorschnelle Geständnisse verwirren lassen. Ich will dich mit meinen eigenen Augen sehen, nicht mit deinen oder denen eines anderen."

Seáns Gesichtszüge hellen sich wieder auf:

„Danke, das ist fair genug, in deinen Augen bin ich unschuldig wie ein Kind, das ist eine Chance, wie ich sie lange nicht mehr hatte."

Als drei Kinder von der Straße hereinkommen, küsst er Saóirse auf den Mund und sagt:

„Ich habe hier bis acht Uhr zu tun, lass uns im Raftery Room weiterreden, ich komme gleich nach der Arbeit."

„Gut", sagt sie lächelnd, „aber keine Beichte. Ich habe gehört, du studierst in Dublin, darüber würde ich gerne mehr erfahren."

„Okay", sagt er, „dann heute Abend."

Das Mädchen verlässt das Lokal, ohne sich noch einmal umzudrehen, jetzt hat sie wirklich so etwas wie ein Rendezvous. Da sie bis dahin noch viel Zeit hat, beschließt sie, den Weg der stummen Heldin nach Cill Aodain zu gehen. Sie hat noch oft über die Geschichte der alten Méabh nachgedacht, und die Heldentat ihrer Namensvetterin hat sich in ihr

Gedächtnis eingebrannt. Sie möchte den Ort sehen, an dem das Haus der Alten und ihrer stummen Enkelin stand. Sie will auch die Wegbiegung gehen, um die das stumme Mädchen gerannt ist, um die Geschwister aus den Fängen der streunenden Bestien zu retten. Sie durchquert die Stadt und läuft die Straße in Richtung Bohola hinauf. Nach etwa einer Stunde erreicht sie die Straße nach Cill Aodain. In einer scharfen Linkskurve führt diese Straße weiter. Diese Kurve ist wahrscheinlich die entscheidende, denn die nächste Biegung kommt erst, nachdem wir Cill Aodain verlassen haben. Saóirse sucht auf der rechten Seite nach einer Spur, die auf das Cottage hinweisen könnte, aber es ist nichts mehr zu sehen. Sie bleibt an der Stelle stehen, wo sie das ehemalige Cottage vermutet, die Erzählung der Méabh hatte eine genaue Beschreibung gegeben, so dass sie überzeugt ist, dort zu stehen, wo das Haus damals gestanden hat.

Andächtig lauscht Saóirse in das Land hinein, als erwarte sie, ein Zeichen der Vergangenheit zu erhaschen. Fast glaubt sie, die entschlossenen Schreie des Mädchens zu hören, als es sich auf die schwarze Bestie stürzte, doch es ist nur das Jammern des Windes.

Sie hat noch viel Zeit und setzt sich in das Polster des dichten Grases, das hier ziemlich hoch ist. Sie hat die Augen geschlossen. Ihre anderen Sinne sind auf die Natur gerichtet. Der Duft von Wildblumen und Gräsern, das gelegentliche Jammern leichter Windböen und ihr sanftes Streichen durch das Gesicht, das Zwitschern und Singen von Vögeln, das Zirpen der Zikaden, das Rascheln von kleinen Säugern und Eidechsen im Gras. Nur gelegentlich dringt das Geräusch eines Autos an ihr Ohr. Dann fällt ihr die Geschichte von dem Jungen ein, der seinen Schatten suchte, welche die alte Méabh vor einiger Zeit am Lagerfeuer erzählt hatte.

Der Junge, der seinen Schatten suchte

Der Junge, Andrew McDonagh, lebte in einem Cottage in den Bergen von Donegal. Eines Tages, es war sein 18. Geburtstag, wurde ihm bewusst, dass er anders war als seine Mitmenschen. Er hatte keinen Schatten. Das war zwar bekannt und er war schon lange ein Einzelgänger und Außenseiter, aber bisher hatte ihn das nicht gestört. Wie aus heiterem Himmel traf es ihn, die Erkenntnis, anders zu sein. Er wurde gemieden, in der Schule saß er allein auf seiner Bank, der Stuhl neben ihm blieb leer. Es war fast so, als hätten sie Angst vor ihm. Andere Außenseiter wurden gehänselt, aber ihm schenkte man nicht so viel Aufmerksamkeit. Es war, als würde er gar nicht existieren.

Andrew verließ die Schule als Bester, aber als er Arbeit suchte, fanden die Inhaber der wenigen ansässigen Firmen viele Ausreden, um ihn abzuweisen. Also blieb er zu Hause und kümmerte sich um den Garten. Jetzt war alles anders, er fühlte sich einsam und verlassen, seine Mutter war sein einziger menschlicher Kontakt.

„Warum habe ich keinen Schatten wie die anderen?", fragte er am einsamen Geburtstagstisch.

Die Mutter zuckte mit den Schultern und antwortete: „Das kann ich dir nicht sagen. Du bist mit ihm auf die Welt gekommen wie alle anderen, aber man hat ihn dir weggenommen, als du klein warst.“

„Wer?“, rief der Junge verzweifelt.

„Das kann ich dir nicht sagen, mein Junge. Du musst es so hinnehmen, wie es ist.“ Die Mutter nahm seine Hand und fuhr fort.

„Lass die anderen, ich liebe dich, und es macht mir nichts aus, dass du keinen Schatten hast.“

Andrew wurde sehr wütend und entzog seiner Mutter die Hand. Er sprang auf, lief im Zimmer auf und ab und schrie:

„Ich kann so nicht weiterleben. Ich muss fort und meinen Schatten suchen.“

Die Mutter zuckte wieder mit den Schultern und sagte:

„Ich kann und will dich nicht aufhalten, tu, was du tun musst. Aber erwarte nicht, dass ich dich unterstütze, da draußen bist du auf dich allein gestellt. Mach mir später keine Vorwürfe.“

Andrew antwortete nicht und dachte nicht lange nach. Er ging in sein Zimmer und packte seine Sachen zusammen. Als er seiner Mutter zum Abschied einen Kuss auf den Mund geben wollte, wandte sie sich ab und hielt ihm die Wange hin.

„Ich hoffe, du weißt, was du tust", sagte sie.

Andrew verließ das Haus, ohne sich noch einmal umzudrehen. Er ging die Dorfstraße hinunter und fühlte sich erleichtert, als er das Ortsausgangsschild hinter sich ließ. Er war viele Kilometer gelaufen, bevor er anfing, über seine Reise nachzudenken. Im nächsten Dorf würde man ihn nicht mehr kennen. Er wusste, wie er es anstellen musste, damit sein Makel nicht auffiel. Sein Herz hüpfte, als er an all die neuen Möglichkeiten dachte, die sich ihm nun boten. Aber auch Sorge kroch in sein Herz. Wie sollte er seinen Schatten finden, er hatte nicht die geringste Ahnung.

Die Sonne stand tief, als er die Stadtgrenze überschritt. Es war die Zeit der langen Schatten und er war froh, dass ihm hier niemand begegnete. Als er den Ortskern erreichte, beschloss er, sich erst einmal einen Job zu suchen, denn er hatte nur ein paar Pfund von zu Hause mitgebracht.

In der Stadt gab es ein Gartencenter, und da er sich mit Gärtnerei auskannte, ging er dorthin und sprach bei der Besitzerin vor. Er zeigte ihr seine hervorragenden Zeugnisse und erzählte ihr

von seinen Kenntnissen. Die Chefin fand
Gefallen an ihm und gab ihm ein Zimmer,
Verpflegung und ein paar Pfund Taschengeld
pro Woche. In der folgenden Zeit bewies er,
dass er sein Geld mehr als wert war, und da sie
ihn an sich binden wollte, verdiente er schon
nach einem halben Jahr so etwas wie einen
richtigen Lohn.

Niemand bemerkte, dass er keinen Schatten
hatte. In den ersten Monaten dachte er noch oft
darüber nach, wie er ihn finden könnte, aber mit
der Zeit vergaß er sein Anliegen mehr und mehr.
Die Leute, die ihn trafen, mochten ihn, weil er
ein netter und höflicher Junge war. Die Mädchen
im Dorf sprachen bald von dem hübschen
Gärtnerjungen.

Alles lief gut, bis eines Tages, es mag zwei
Jahre her sein, ein alter Mann den Laden betrat.
Andrew war an diesem Tag als Verkäufer
eingeteilt.

„Kann ich Ihnen helfen?", fragte er den Alten.

„Du musst die Frage andersherum stellen",
antwortete der Alte und sah den Jungen fest an.

„Die Frage ist, ob ich dir helfen kann", fuhr der
Alte fort.

Andrew war verlegen und merkte, wie er
errötete.

„Ich, ich verstehe nicht", stammelte er, „wobei sollten Sie mir helfen wollen?"

„So, so", sagte der Alte, „fehlt dir wirklich nichts?"

Andrew spürte, wie sich eine Faust in seinen Eingeweiden krallte. Der Alte hatte ihn erkannt, aber wie? Das Licht im Laden war so diffus, dass niemand einen Schatten warf. Vielleicht meinte er etwas anderes, deshalb antwortete er vorsichtig:

„Ich wüsste nicht, was."

Der Alte starrte den Jungen immer noch an.

„Verzeih", sagte er, „ich habe mich noch nicht vorgestellt: Ich bin die Verdrängung und ich habe deinen Schatten. Als du ein kleiner Junge warst, fast noch ein Baby, war ich bei dir und habe ihn mir geholt. Ich wurde gerufen, weil er dir zur Last geworden war. Immer quälender wurde er für dich, so sehr, dass ein so kleines Kind, wie du es damals warst, es nicht ertragen konnte. Als ich ihn zu mir nahm, musstest du nicht mehr leiden. Es bereitete mir lange Zeit keine Mühe, deinen Schatten zu halten, aber dann wurdest du achtzehn. Er wurde unruhig und widerspenstig und wäre mir fast entwischt. Dann ließ seine Rebellion nach und nach ein paar Monaten war er wieder zahm und fügte sich in sein Schicksal, bis vor ein paar Tagen, als er mir entkam. Ich fürchte, er wird versuchen, dich zu finden, aber wie ich sehe, war er noch nicht hier, ich werde bei dir bleiben und hier auf ihn warten, du hast nichts zu befürchten, wenn du ihn mir überlässt."

Mit großem Erstaunen hatte Andrew dem alten Mann zugehört. Lange Zeit konnte er nichts sagen, dann riss er sich zusammen.

„Warum soll ich ihn ihnen überlassen?", fragte er den Alten.

„Warum fragst du? Weißt du nicht, was dich erwartet? Unerträgliche Schmerzen wirst du erleiden, wenn dein Schatten sich wieder mit dir vereinigt, vielleicht wirst du sogar vor Qualen sterben müssen. Schatten versuchen immer, mit ihren Besitzern vereint zu bleiben. Das ist gut, solange der Schmerz nicht zu groß wird. Aber manchmal, wie bei dir, muss ich eingreifen und ihn an mich nehmen. Ich achte peinlich darauf, dass sie mir nicht entkommen und ihren ehemaligen Besitzern Schaden zufügen. Meistens gelingt es mir, sie für immer einzusperren. Die Menschen werden zwar ihr Leben lang nicht glücklich ohne ihn, aber sie leiden nicht. Aber manchmal passiert mir ein Missgeschick, so wie bei dir, dann versucht das

dunkle, listige Ding sich wieder mit seinen
Besitzern zu vereinen. Ich versuche das mit allen
mir zur Verfügung stehenden Mitteln zu
verhindern, schließlich bin ich dafür
verantwortlich. Ich muss dich also bitten - zu
deinem eigenen Schutz - mir zu erlauben, die
Vereinigung zu verhindern. Es ist zu vermuten,
dass er bereits in unmittelbarer Nähe lauert, nur
vor mir schreckt er noch zurück."
„Ich will meinen Schatten wiederhaben", rief
der Junge aufgeregt, „was immer er mir antut, es
kann nicht so schlimm sein wie das Unglück,
das ich empfinde, wenn ich ohne ihn leben
muss."
„Du weißt nicht, wovon du sprichst", zischte der
Alte, „willst du sterben?" Der Junge antwortete
mit der gleichen Erregung:
„Lieber sterbe ich, als unglücklich zu sein, auch
wenn ich es in den letzten zwei Jahren kaum
bemerkt habe. Wie gern hätte ich mich mit
einem Mädchen verabredet, aber irgendetwas
hat mich daran gehindert. Jetzt weiß ich, dass
ich Angst hatte, sie könnte meinen Makel
bemerken. Ich will meinen Schatten und koste
es, was es wolle."
In diesem Moment verdunkelte sich der Raum,
und Andrew spürte, wie etwas in ihn eindrang.
Plötzlich tauchten Dinge in ihm auf, die er

vorher nie bemerkt hatte, und sie taten weh, sehr weh.

„Nein!“, schrie der Junge, „das könnt ihr nicht tun.“ Er kauerte sich zusammen und begann heftig zu weinen, die Tränen flossen wie Bäche aus seinen Augen.

„Das ist er“, rief der Alte wütend. Er stürzte sich auf den Schatten und zerrte an ihm, versuchte ihn zu Boden zu reißen, halb gelang es ihm. Andrew kauerte am Boden und schluchzte, der Schmerz hatte nachgelassen, er fühlte sich leer. Doch der Schatten ließ sich von dem alten Mann nicht mehr bezwingen. Kaum war er ihm entwichen, griff er wieder nach dem Knaben, unvermindert ergriff die Qual von neuem Besitz von ihm, kaum war die Folter zu ertragen, bis der Alte wieder für kurze Zeit die Kontrolle erlangte, dann war die Kraft des alten Mannes erschöpft.

„Lebe wohl“, rief er dem Jungen zu, „ich kann dir jetzt nicht mehr helfen, auch wenn er dich zu Tode quält.“
Andrew starb nicht!
Schmerzhaft war es, als der Schatten sich wieder mit ihm verband, doch die Schmerzen wurden mit der Zeit geringer. Es dauerte zwei Jahre lang, bis er ihn vollends angenommen hatte.

Von nun an begleitete er ihn, wo immer er sich
hinbegab, es schmerzte nicht mehr, die Wunden
waren vernarbt. Unbeschreiblich war das Glück,
das Gefühl ihn als sein Eigen bei sich zu wissen.
Andrew verliebte sich bald in ein Mädchen,
heiratete es, bekam Kinder und wurde glücklich
mit seiner Familie. Niemals wieder ließ er den
alten Mann über seine Schwelle.

Saóirse schreckt auf, sie muss eingeschlafen sein.
Sie erinnert sich noch, wie die Alte Méabh am
Ende der Geschichte zu ihr sagte: ‚Welch ein Glück
für dich, dass der Alte nie zu dir gekommen ist.
Aber bei dir gab es nie einen Grund, dir deinen
Schatten zu nehmen. ‘
Ein Blick auf die Uhr signalisierte: Es ist Zeit
aufzubrechen, aber sie kann sich noch bequem
hinunter in den Ort begeben. Auf der Straße dreht
sie sich noch einmal um und beschließt, diesen
geschichtsträchtigen Ort noch einmal aufzusuchen,
dann geht sie zielstrebig hinunter in die Stadt.
Eine Viertelstunde vor ihrer Verabredung erreicht
sie den Raftery Room und geht sofort hinein. Sie
geht den langen Flur entlang und betritt den
hinteren Gastraum. An der Theke sitzen einige
Männer vor ihren Pints. Viele Tische sind besetzt,
die Leute essen hier zu Abend. Einige erkennt sie
wieder, sie winken freundlich, als sie das Mädchen
erblicken. Saóirse setzt sich an den vordersten

Tisch, der noch frei ist. Sie legt Jacke und Tasche
ab und holt sich eine Cola von der Theke. Von
ihrem Platz aus hat sie die Tür im Blick. Je näher
der Zeiger der Acht kommt, desto unruhiger wird
sie. Jetzt hat der große den obersten Strich erreicht,
am liebsten würde sie sofort gehen. Aber es
vergehen noch zehn lange Minuten, dann endlich
ist es Seán, der eintritt. Er erfasst sie sofort mit
seinem Blick, winkt ihr zu und holt sich erst einmal
ein Pint von der Bar. Mit einem „Hi Saóirse" setzt
er sich ihr gegenüber.
„Hast du schon lange gewartet?", fragt er. Sie
antwortet wahrheitsgemäß und erzählt kurz von
ihrem Spaziergang hinauf nach Cill Aodain.
„Ein seltsamer Ort", sagt er, „voller Geschichten.
Du wirst es nicht glauben, aber ich saß dort, genau
wie du, und erinnerte mich an eine vergessen
geglaubte Geschichte, die mir meine Großmutter
erzählte, als ich noch ein Kind war."
Seán macht eine bedeutungsvolle Pause, dann
beginnt er, Saóirse diese Geschichte zu erzählen:

Der friedliebende Krieger und die Elfen von Coillte Maghach

Lange bevor Kiltimagh entstanden ist, war das Gebiet von einem dichten Wald bedeckt. Dieser wurde regiert von einer Elfenkönigin, die Legende ihrer Schönheit hat sich bis in die heutigen Tage erhalten. Cill Aodain war der Ort, an dem diese Königin residierte. Ihr Name war Al´Dórin und ihr Gebiet erstreckte sich vom heutigen Bohola über Kiltimagh bis hinunter nach Bala und von Swinford nach Clairemorris. Viele tausend Elfen waren hier zu Hause. Der einzige von ihnen nicht besiedelte Bereich war Sliabh Cairn, die Hügelkette des heutigen Kiltimagh. Diese wurden vom Zwergenvolk Anhàn beherrscht, deren König der grimmige McOnór war. Ein im Westen in den Sliabh Cairn gehauenes Portal führte in ihr unterirdisches Reich Coillte Anhàn, das seinerzeit die gesamte Sliabh Cairn unterhöhlte. Elfen und Zwerge mochten sich nicht, obwohl es in den mehr als viertausend Jahren ihrer Koexistenz niemals zu kriegerischen Auseinandersetzungen gekommen war. Nie hätte je ein Zwerg seinen Fuß in den Wald gesetzt, denn Zwerge hassten ihn. Sie liebten vor allem die kühle Dunkelheit ihrer Höhlen und bei Tageslicht ist noch nie ein

Zwerg außerhalb angetroffen worden. Die Elfen dagegen sind helle Wesen, die das Licht lieben. Sie hatten ihre Behausungen hoch oben in den Wipfeln der Bäume gebaut, um der Sonne möglichst nahe zu sein. Wenn ein Mensch gelegentlich den Wald durchstreifte, bemerkte er nichts von der Existenz der Elfen. Menschen kamen damals nur selten her, denn die nächstgelegene Siedlung lag weit entfernt im heutigen Castlebar. Elfen hatten die Eigenschaft, sich vollkommen still zu verhalten, zumindest für die Ohren der Menschen, denn sie hatten die Gabe, sich im gesamten Schallspektrum zu verständigen. Für Mitteilungen über viele Meilen hinweg nutzten sie Infraschall unterhalb des hörbaren Bereichs, der von Bäumen und Büschen kaum gedämpft wurde. Für Unterhaltungen mit Freunden in der Nähe setzten sie Ultraschall ein. Sie konnten sich aber, wenn sie wollten, auch im für den Menschen hörbaren Tonspektrum austauschen, sie beherrschten sogar die Sprache der Menschen. Seit Elfengedenken hat aber nie eine Unterhaltung zwischen ihnen stattgefunden und niemand wusste, ob es je einen Austausch gegeben hatte. Trotzdem wurde die Sprache der Menschen gepflegt, so, als ob sie geahnt hätten, dass diese Kenntnis eines fernen Tages für sie wichtig werden könnte. Die Menschen damals wussten nichts von der Existenz der Elfen. Wenn sie die Wälder durchstreiften, um zu jagen, hatten sie nie einen Elfen zu Gesicht bekommen oder auch nur einen einzigen Laut gehört. Sie hätten jedoch die Chance dazu gehabt. Elfen, besonders die jungen, waren manchmal zu Scherzen aufgelegt. Übermütig sangen sie in hellen Tönen Elfenlieder, die sich für Menschen oft nur wie Windgeheul oder Grillenzirpen anhörten. Obwohl Windgeräusche bei Windstille sehr unwahrscheinlich sind, hatten Menschen diesen Unfug nicht bemerkt. Das belustigte die jungen Elfen und sie konnten ausgiebig darüber lachen. Die Zwerge dagegen hatten raue Kehlen und waren dort, wo sie sich bewegten, auch nicht besonders leise. Sie waren handwerklich große Meister und verwandelten Edelmetalle, die in den Sliabh Cairn damals noch in großen Mengen vorhanden waren, in die schönsten Ringe und Ketten. Es gab unter ihnen talentierte Baumeister und kunstfertige Schmiede für Edelmetalle und Eisen. Ihr Reich war verschwenderisch mit Gold und Silber ausgestattet, Zwerge waren reich. Das edelste Metall aber war das Anhánicum, das sehr selten war und nur hier in den Sliabh Cairn vorkam. Es war hart, so hart, dass ein Schwert aus diesem

Metall einen stählernen Block wie Butter zerschnitt. Keine Waffe, von Menschen oder Zwergen gemacht, hätte ein Kettenhemd aus diesem Metall durchstoßen können. Das Metall war leicht, so dass ein Kettenhemd kaum mehr wog als ein normales und ein Schwert nicht mehr als ein Bleistift. Vier Jahrzehnte hat das Zwergenvolk gegraben, um das Erz für genau ein Schwert und ein Kettenhemd zu gewinnen. Nun lag es vor ihnen, für die Statur eines Menschen geschaffen. Es gab nämlich eine Legende, die sagte: Eines Tages wird ein großer Menschenkrieger kommen und das Volk von Coillte Anhàn in die Berge von Donegal führen. Dort regierte damals ein starker grausamer Menschenkönig, der mit einem großen Heer von Osten über das Wasser gekommen war und Menschen und Zwerge nach Sligo, Galway und Mayo vertrieben hatte. McOnórs Bruder O'Gael ist von dort ins Exil nach Coillte Anhàn vertrieben worden, gedemütigt lebte er hier und wartete auf das Erscheinen des großen Menschenkriegers, denn Menschen und Zwerge hatten einen gemeinsamen Feind.

Doch dann kam es anders. Der Eroberer von Donegal, sein Name war Cal Brighton, mobilisierte sein Heer, um auf Raubzug ins Innere des Landes zu ziehen. Er hinterließ eine

Spur der Verwüstung, niemand konnte ihm ernsthaft Widerstand leisten. Eines Tages stand er vor Castlebar. Nach einer erbitterten Schlacht zogen sich die Menschen von Castlebar zurück und flüchteten in Al´Dórins Wald. Von hier aus hofften sie, aus dem Hinterhalt Widerstand leisten zu können. Cal Brighton besetzte Castlebar und zog bereits am nächsten Tag weiter in Richtung des heutigen Bala. Dort schlug das Heer ein Lager auf. Cal Brighton beabsichtigte, hier eine Festung zu errichten, und von dort wollte er zunächst die Flüchtigen von Castlebar jagen. Eine Woche später begannen seine Leute den Wald zu roden.

Die Elfen hatten sich bisher aus Streitigkeiten der Menschen herausgehalten, denn von Kriegen unter ihnen hatten sie schon gehört und das war wirklich allein ihr Geschäft. Zwischen verschiedenen Elfenvölkern gab es keine Kriege, sie waren untereinander befreundet. Kaum hatten die Menschen mit der Baumfällaktion begonnen, meldeten Infraschall-Stimmen die Vernichtung von Elfen-Behausungen am Rande des Reiches von Al´Dórin. Einen derartigen Angriff hatte es bisher noch nie gegeben und Al´Dórin berief den Rat der Elfen.

Inzwischen hatte sich die Nachricht von der

Invasion bis nach Coillte Anhàn verbreitet und McOnór rief seinen Bruder O'Gael und die Ältesten der Anhàn zu sich.

„Das Heer der Agil Sachá“, begann McOnór, „die Soldaten von Cal Brighton sind unbesiegbar, wenn nicht bald der prophezeite Menschenkrieger erscheint, der Rüstung und Schwert von Anhàn an sich nimmt und zu unserem Nutzen einsetzt.“

Sein Bruder gibt zu bedenken:

„Die Legende besagt, dass dieser Menschenkrieger kommen wird, um uns gegen die Agil Sachá in Donegal zu führen. Aber jetzt fallen die Truppen Cal Brightons in unser Land ein, und von diesem Menschenkrieger ist nichts zu sehen und zu hören. Wir müssen uns fragen, ob wir der Legende noch länger Glauben schenken wollen.

Ein empörtes Raunen geht durch die Reihen der alten Zwerge. Dann faucht McOnór seinen Bruder wütend an:

„Wer nicht an die Legende glaubt, verrät unser Volk, hüte deine Zunge, O'Gael, oder du bist nicht mehr mein Bruder. Es mag sein, dass wir die Legende falsch interpretieren, aber an ihr selbst gibt es keinen Zweifel.“

O'Gael wagte es nicht, etwas zu erwidern. Dann

meldete sich der älteste und weiseste der Anhàn
zu Wort:

„Der Menschenkrieger muss bereits in unserer
Nähe sein, wir haben ihn vielleicht nur noch
nicht erkannt. Es ist vielleicht unser Fehler auf
einen großen Krieger zu warten. Ein altes
Sprichwort der Elfen, entschuldigt meine
Kinder, aber Weisheit ist nicht allein unser
Vorrecht, also das Sprichwort sagt: Suche nicht
Größe nur im Großen. Vielleicht ist unser großer
Krieger klein und deshalb haben wir ihn noch
nicht erkannt.“

Stille herrschte zunächst in der
Versammlungshöhle, dann tönt es wie aus einem
Munde:

„El Gabriel!“ El Gabriel ist ein Menschenkind,
das seit vierzehn Jahren bei den Zwergen lebt,
ein Findelkind, das sie damals verlassen im
Wald gefunden haben. Er lebte unauffällig unter
den Zwergen und war inzwischen zum
Goldschmiedemeister ausgebildet worden - man
hatte ihn bereits als Zwerg akzeptiert. Doch El
Gabriel mochte nicht, wie die Zwerge, die
Dunkelheit im Inneren des Sliabh Cairn. Er
kannte die Wälder von Coillte Maghach und
liebte sie mehr als die Berghöhlen. In seinen
freien Stunden durchstreifte er sie und eines

Tages bemerkte er, dass der Wind heulte,
obwohl sich kein Lüftchen regte. Er wusste, dass
etwas nicht stimmten konnte. Die Elfenkinder
bemerkten sofort, dass El Gabriel anders
reagierte als die anderen Menschen, die sie
bisher geneckt hatten. Er legte sich ins Gras und
schloss die Augen. Eine Stunde lang lag er da
und rührte sich nicht. Die Elfenkinder wurden
neugierig und wollten nachsehen, warum der
Junge so regungslos dalag. Vorsichtig kletterten
sie von ihrem Baum, um nachzusehen. Da Elfen
sich lautlos bewegten, konnte El Gabriel ihre
Schritte nicht hören, aber er nahm ihre Stimmen
wahr. Da die Elfenkinder noch unerfahren waren
und nur wussten, dass Menschen Infra- und
Ultraschall nicht wahrnehmen können, sprachen
sie in einem hohen Tonbereich, der Menschen
normalerweise nicht zugänglich ist. Was sie
nicht wussten: Junge Menschen, also Kinder,
können hohe Töne hören, die Erwachsene nicht
mehr wahrnehmen. So hörte der Junge die
Elfenkinder plaudern. Als sie sich neugierig
über ihn beugten, öffnete El Gabriel plötzlich
seine Augen und lachte ihnen ins Gesicht.

„Hallo", sagte er fröhlich, „was haben wir denn
hier für schöne Kinder."

„Wir sind Elfenkinder", antwortete das Mädchen

nach einem kurzen Moment der Überraschung.

„Ich habe von euch gehört", sagte der Junge, „ihr sollt hinterhältig und gemein sein."

„Quatsch", erwiderte der Elfenjunge, „so etwas behaupten nur die Zwerge."

„Ich bin ein Zwerg", sagte El Gabriel.

„Du?", sagte das Elfenmädchen und prustete laut los, aber in solch hohem Ultraschall, dass der Menschenjunge das Lachen nicht hören konnte.

„Du ein Zwerg? Dann bist du entweder zu lang oder zu dünn."

„Außerdem kommen Zwerge nie in unseren Wald", ergänzte der junge Elf.

"Ich bin aber doch ein Zwerg", sagte El Gabriel so ernst, dass die Elfen, um ihn nicht zu kränken, darauf nichts erwiderten. Sie nahmen ihn bei der Hand und führten ihn zu ihren Eltern.

Der Findeljunge war seither viele Male bei den Elfen und mit der Zeit wurde er ihr Freund, den Zwergen aber erzählte er nichts davon.

„El Gabriel", wiederholten die Zwerge.

„Ja", sagte McOnór, „El Gabriel muss es sein, kein anderer könnte jetzt noch die Prophezeiung der Legende erfüllen."

Aber sein Bruder O'Gael machte ein

ungläubiges Gesicht, denn er war selbst sehr
kampferfahren und konnte sich nicht vorstellen,
dass ein Junge wie El Gabriel ein großer Krieger
sein sollte, aber er wagte nicht, dem König zu
widersprechen.

„Holt ihn her!" Man schickte nach dem Jungen
und wenig später stand er zum ersten Mal vor
dem Zwergenkönig.

„Bringt Hemd und Schwert!", befahl der König.
Man brachte es, wie geheißen und zog dem
Menschenjungen das metallene Hemd über den
Kopf, es reichte ihm bis zu den Knien, da es ja
für einen großen Menschenkrieger gemacht war.
El Gabriel wusste nicht, wie ihm geschah und
glaubte, nunmehr unter der Last dieses Hemdes
zusammenbrechen zu müssen, zu seiner
Überraschung spürte er nicht einmal das
Gewicht, es war federleicht.

„Er muss kämpfen lernen", raunte es aus der
Runde und der König drückte ihm das Schwert
in die Hand. Es war ebenfalls beinahe
schwerelos. Wie ein Weidenstöckchen ließ El
Gabriel es ein paar Mal durch die Luft sausen
und es zischte. Die Zwerge aber fragten sich,
wie der Junge mit dem zu langen Hemd den
mächtigen Feind Cal Brighton und seine
Mannen schlagen wollte. Mit großen Augen

hörte er die Legende über seine Bestimmung.
Der Junge war nicht der Erste, der daran
zweifelte.

„Er muss sich jetzt konzentrieren und in seine
Rolle schlüpfen", sagte der König und klatschte
in die Hände. In wenigen Minuten war El
Gabriel allein. Wie war er nur dort
hineingeraten? Noch einmal ließ er das Schwert
durch die Luft zischen, wie er damit ein Heer
schlagen sollte, war ihm schleierhaft. Wie so
häufig in der letzten Zeit, wenn er Rat suchte,
besuchte er im Wald die Elfen. Als er ihnen
schilderte, was die Zwerge von ihm erwarteten,
sagte ein alter Elf:

„Die Zeit ist gekommen, dass du mit unserer
Königin sprichst. Du wirst einen Tag unterwegs
sein, bist du abreisebereit?"

Wenige Stunden später waren sie in Cill Aodain.
Zwei weibliche Elfen führten El Gabriel in einen
großen Saal, der aus den Stämmen von Eiben,
ihren Kronen als Decke, dichten Haselsträuchern
als Wände gebildet wurde. Der Teppich war
dichtes Wald Moos. Von oben ragte aus dem
Nichts ein phiolenartiges gläsernes Gefäß, von
dem ein sonderbares Licht ausging. Nach
wenigen Minuten teilten sich an der hinteren
Wand die Büsche, so dass ein Tor entstand und

durch dieses Tor schritt eine jugendliche Frau, so schön, wie El Gabriel sie in seinem Leben noch nicht gesehen hatte. Gebannt schaute er auf die Elfenkönigin. Sie schien kaum älter als El Gabriel zu sein. Von ihrem Körper ging ein Fluoreszieren aus, ihr Gewand war aus schönster Elfenseide. Als sie ihn erreichte, lächelte sie, so, dass ihm das Blut ins Gesicht schoss. Sie nimmt die Hände des Jungen, und er spürt eine warme Kraft von ihr seinen Körper durchfließen.

„Du bist es also", sagte sie, „wir haben dich schon so lange erwartet, es hängt viel von dir ab. Die Barbaren Cal Brightons sind in unser heiliges Land eingefallen und drohen es zu zerstören und seine Einwohner zu versklaven. Wir haben sichere Kunde, dass Cal Brighton in den nächsten Tagen gegen Coillte Maghach vorrücken wird. Wir Elfen dürfen nicht direkt gegen die Menschen kämpfen und bisher war das auch kein Problem. Noch wissen sie nicht einmal, dass es uns gibt, und aus den Streitigkeiten der Menschen haben wir uns stets herausgehalten. Doch nun hat sich die Situation verändert, denn die Menschen haben begonnen, unsere Häuser zu zerstören. Wir haben daher vor wenigen Tagen den großen Elfenrat zusammengerufen und die folgenden Beschlüsse gefasst:

Angesichts der neuen Tatsachen müssen wir unsere Neutralität einstellen und Stellung beziehen, es ist uns untersagt, direkt in das Kampfgeschehen einzugreifen. Deshalb werden wir indirekt Einfluss nehmen, indem wir dich mit Gaben ausstatten, die Menschen normalerweise nicht zur Verfügung stehen. Doch könntest du mit all diesem nichts anfangen, wenn du die wichtigste Gabe nicht selbst besitzen würdest: Du hast es gelernt – oder besser gesagt: Du hast es nicht verlernt, auf dein Herz zu hören, denn die Kräfte, mit denen wir dich ausstatten, können nur über dein Herz erreicht und eingesetzt werden.

Zunächst zu deinem Schutzhemd und dem Schwert. Die Zwerge sind hervorragende Bergleute und Handwerker. Damit ist es ihnen gelungen, dir diese außergewöhnliche Ausstattung aus Anhánicum herzustellen. Keine Waffe wird dein Panzerhemd durchdringen und dein Schwert wird andere Schwerter wie Butter durchschneiden. Doch das allein genügt nicht. Wir geben dem Hemd die Kraft, all das Böse, was der Feind in einen Schlag gegen den Träger legt, auf ihn zu reflektieren. Das Hemd wird diese Kraft behalten, solange der Nutzer keinen Groll gegen den Angreifer empfindet. Damit wird der Angreifer selbst zum Angegriffenen.

Deinem Schwert geben wir die Kraft, nicht zu
töten. Es soll vielmehr die Feinde, die von ihm
getroffen werden, zu den Verbündeten des
Schwertführers machen, solange dieser es nicht
in Hass gegen sie richtet, sondern nur zu seiner
Verteidigung verwendet. Du wirst deine Feinde
also nicht mit deinen Waffen, sondern nur mit
deinem Herzen besiegen können. Deshalb bist
du der Auserwählte, El Gabriel, der große
Krieger des Herzens.“

Nach diesen Worten legte sie ihre Hände auf
Hemd und Schwert. Mit heller Stimme sprach
sie Worte in einer Sprache, die El Gabriel nicht
verstand. Er spürte eine warme Welle seinen
Körper durchfluten.

Sie nahm den Kopf des Jungen in beide Hände
und küsste ihn auf den Mund. Flüssiges Gold
strömte von dort direkt in sein Herz.

„Es ist die Liebe“, flüsterte sie ihm ins Ohr, „nur
die Liebe.“

Nach diesen Worten verschwand Al´Dorin
durch das Haselnussportal.

El Gabriel saß benommen im weichen Moos des
Empfangsaals der Elfenkönigin, in seinem Kopf
schwirrte es, in seinem Bauch spürte er die
Schmetterlinge. Nie würde er seine Begegnung
mit Al´Dorin vergessen, ihre Schönheit, ihre

Worte, ihre Liebe, seine Liebe. Langsam erhob er sich, gestärkt, bereit zu dem großen Kampf gegen den Tyrannen Cal Brighton.

Die Elfenkinder begleiteten ihn zurück nach Coillte Maghach bis zum Rande des Waldes. Er schwebte, sein Herz erfüllt mit Liebe zu Al´Dorin, zurück nach Coillte Anhán. Kaum hatte sich die Kunde von seiner Rückkehr herumgesprochen, ließ McOnór ihn zu sich rufen.

„Es wird Zeit“, begann er zu sprechen, „dass du im Umgang mit deinem Schwert geübt wirst. Mein Bruder O'Gael ist unser größter Krieger, er erwartet dich bereits im Waffensaal, um dich zu unterrichten. El Gabriel sagte:

„Dazu wird es nicht viel Gelegenheit geben, denn die Agil Sachá werden bereits in den nächsten Tagen angreifen.“

Er berichtete, was er von den Elfen erfahren hatte, erwähnte aber nicht die Begegnung mit Al´Dorin, weil er wusste, dass der König sie nicht mochte. Es reichte schon, dass El Gabriel in ihrem Wald war, denn McOnórs Gesicht schwoll rot an, in ganz Coillte Anhán fürchtete man seinen Zorn.

„Kein Zwerg hat etwas im Wald der Elfen verloren“, brüllte er und lief aufgeregt im Kreis umher.

„Man kann ihnen nicht trauen, sie sind böse, verschlagen und hinterhältig, sie sind nicht unsere Freunde."

El Gabriel ließ sich vom König nicht beeindrucken. Er ließ ihn noch ein wenig toben, doch der Zorn verflachte schnell. Dann erwiderte er:

„Ich bin doch kein Zwerg, das hast du selbst gesagt, also werde ich mich auch nicht grundsätzlich wie einer verhalten. Außerdem sind die Elfen nicht eure Feinde, auch wenn sie keine Freunde sind, in diesem Krieg sind sie auf unserer Seite, das allein sollte schon genügen, um mit ihnen zu korrespondieren. In Zeiten wie diesen, kann man nicht genug Verbündete haben. Das Wichtigste aber ist: Wenn ich, wie ihr sagt, euer Held sein soll, dann muss ich mir auch meine Freunde und Kameraden aussuchen dürfen. Euch Zwerge liebe ich, weil ihr mein Zuhause seid, die Elfen aber sind seit langem meine Freunde, weil sie genau das Gegenteil von dem sind, was hier in Coillte Anhán von ihnen gesagt wird. Sie sind gut, offen und ehrlich. Eure Meinung über sie muss also falsch sein und kann nur daher rühren, dass ihr ihnen nie begegnet seid."

Der König war über diese Worte gleichermaßen erstaunt wie El Gabriel selbst, kaum konnte er glauben, dass er es war, der diese Worte gesprochen hatte. Der König schaute den Jungen lange an und sagte kein Wort. Sein Gesicht blieb weiß wie das eines gewöhnlichen Zwerges, ein Zornesausbruch war also nicht zu erwarten. Eher schien es so, als ob er tief nachdachte, und genau das geschah.

McOnór versuchte sich zu erinnern, was genau die Legende sagte, dann erinnerte er sich an die Worte:

Die Legende

Wenn schon ergreift des Feindes Hand
mit großer Macht Coillte Anhán,
die Tapfersten nicht siegen können,
die Listigsten, die List nicht kennen,
dem kleinen Volk das Ende droht
erwächst ein Held aus höchster Not.
Ein Menschenkrieger stark und fein
wird Mittler seiner Völker sein.
Mit reinem Herz und großem Mut
führt er sie in des Feindes Glut,
erstickt das Feuer, kaum entfacht,
dem Feind zerrinnt die Übermacht.
Das Böse weicht, der Schatten fällt,
verändert wird die Alte Welt.
Noch Generationen werden singen,
vom Sieg, errungen in der Nacht,
doch nicht das Schwert wird ihn erzwingen,
den Ruhm bringt eine größere Macht.
Was heute gilt, ist bald nicht wahr,
ein neuer Geist entsteht im Land,
bringt Freundschaft für das Volk Anhán,
den Sieg, ein reines Herz gebar.

Nach einer ganzen Weile brach der König sein Schweigen. Zu El Gabriels Überraschung sagte er:

„Ich glaube, jetzt verstehe ich. Du hast Recht, mein Junge: Du bist der Auserwählte. Gehe jetzt zu O'Gael, auch wenn wir nicht mehr viel Zeit haben, so kannst du dennoch nicht gänzlich unvorbereitet deinen Kampf führen. Ich, für meinen Teil, werde wohl in der nächsten Zeit noch viel lernen müssen."

Der Junge ließ den König allein und machte sich auf den Weg in die Waffenkammer. Als er eintrat, war O'Gael bereits dort und hatte seine Rüstung angezogen, er schien schon gewartet zu haben. Unfreundlich blickte er zu dem Jungen und raunzte ihn in ebensolcher Weise an.

„Da bist du ja, auserwählter Grünschnabel, vermeintlicher Retter unseres Volkes. Wollen wir einmal sehen, wie du uns schützen wirst, unser König und sein Volk glauben ja an dich."

„Tut mir leid", erwiderte El Gabriel, „aber ich habe mir diese Rolle nicht ausgesucht und genau wie du erfüllte ich den Wunsch unseres Königs. Lass uns das Beste daraus machen. Ich hoffe, wenn wir die Invasoren vertreiben, wirst du als erfahrener Krieger bei mir sein und den Grünschnabel seinen Feinden nicht völlig schutzlos überlassen. Wir wollen unseren König doch nicht enttäuschen."

Wieder wundert sich der Junge über seine Worte, doch er hat das Gefühl, dass er den Bruder des Königs versteht, er achtet ihn sehr.

O'Gael mochte nicht so ganz darauf eingehen, konnte aber auch nicht in gleicher Weise fortfahren.

„Lass uns beginnen", grummelte er", du kannst dein Hemd anlassen, dann kann ich dich nicht verletzen und wir können hart kämpfen, so wie es wirklich sein wird. Dein Schwert aber könnte mir gefährlich werden, denn was immer ich als Waffe nutze, wird wie Butter von deinem Schwert zerstört. Wenn ich der Auserwählte wäre, mit deiner Waffe wäre es ein Leichtes für mich den Feind zu besiegen. Aber ohne deine Hilfsmittel gäbe es für mich keinen Anreiz, mit dir zu kämpfen, also los, verteidige dich so gut du kannst."

Mit diesen Worten hieb er kraftvoll mit seinem Schwert auf El Gabriel ein. Im nächsten Moment flog er, wie von einer unsichtbaren Faust getroffen, durch den Raum; er wusste nicht, wie ihm geschah. Verdutzt rappelte er sich auf.

„Tut mir leid", sagte El Gabriel.

„Ich habe nicht einmal gesehen, wie du mich geschlagen hast, wer hat dir das beigebracht?"

Sein Schwert umklammert schlich er auf El Gabriel zu.

„Ich werde wohl doch aufpassen müssen", sagte er. Noch einmal würde ihn der Grünschnabel nicht überrumpeln. Ganz überraschend wollte er dieses Mal zulangen. Er war ein ziemlich ausgefuchster Kämpfer und seinen Stoß würde der Grünschnabel nicht sehen. Ohne Ansatz stieß er zu. Als er sich dieses Mal aufrappelte war er völlig benommen. Wütend schaute er auf den Jungen.

„Du hinterhältiger Sauhund", schrie er und stürzte mit erhobenem Schwert auf El Gabriel zu. Er musste es dem Grünschnabel zeigen. Reflexartig parierte der Junge mit seinem Schwert, als O'Gaels Hand herabsauste. Die scharfe Klinge des Anhánicumschwertes durchstieß den Unterarm des Zwerges; die Klinge fiel ihm aus der Hand. Er blickte auf seinen Arm, er war unverletzt. Er reichte dem Jungen die Hand und sagte:

„Du kannst auf mich zählen, El Gabriel, ich werde dir folgen, treu bis in den Tod, diesen Eid leiste ich hiermit."

Der Junge wusste, dass dies sein erster Sieg war, den er mit dem Schwert errungen hatte. Es war seine Absicht gewesen, den kämpferischen O'Gael auf seine Seite zu ziehen. Es schien, als ob das Schwert seine Wünsche erfüllt.

„Ich werde sehr bald auf deine Treue setzen müssen", sagte er zu O'Gael, „ich erwarte in den nächsten Tagen einen Angriff der Horden Cal Brightons, ich werde auf dich und deine Krieger dringend angewiesen sein, ich wüsste nicht, was ich ohne deine Freundschaft tun sollte."

Er umarmte den Zwerg und klopfte ihm auf die Schulter. Am nächsten Morgen gegen vier klopfte O'Gael an seine Tür und rief ohne abzuwarten:

„Junger Herr, die Agil Sacha haben etwa zwei Meilen vor Coillte Maghach ein Lager aufgeschlagen und in der Nacht Bäume geschlagen. Sie scheinen sich dort zu sammeln, und es ist damit zu rechnen, dass sie noch im Laufe des Tages angreifen.

Zehn Minuten später war El Gabriel im Audienzsaal des Königs; O'Gael und seine Offiziere waren bereits dort.

„Es ist so weit, El Gabriel, so wie du vorausgesagt hast. Ein Elf hat in den frühen Morgenstunden die Wachen am Portal zu Coillte

Anhán informiert. Es war das erste Mal seit vielen Generationen, dass ein Elf direkt in Kontakt zu einem Zwerg getreten ist. Die Zeiten scheinen sich in der Tat zu ändern, gerade so wie es die Legende sagt. Ich bitte dich ab sofort das Oberkommando über unsere Krieger zu übernehmen."

Der Junge wandte sich an O'Gael:
„Lass deine Offiziere den Treueid leisten."

O'Gael legte ohne Zögern sein Schwert zu El Gabriels Füßen und wiederholte seine Treueschwur vom Vortag, seine Offiziere taten es ihm gleich. Man wurde sehr schnell darüber einig, dass sie den Angriff des Agil Sacha nicht abwarten würden. Die Offiziere erklärten, dass die Krieger bereits in den Alarmzustand versetzt seien und man in weniger als einer Stunde zum Aufbruch bereit sei.

Kurz vor Morgengrauen erreichten sie das Lager der Eindringlinge, diese schienen sich sicher zu fühlen, denn es waren nur wenige Wachen aufgestellt worden. Im Lager herrschte bereits reges Treiben und es schien, als ob man auch hier kurz vor dem Aufbruch stünde. Plötzlich trat aus dem Dickicht ein hünenhafter Mann mit rotem Schopf und Bart, der ihm bis auf die Brust reichte. In kurzer Folge rasselten die

Schwertscheiden der kleinen Krieger, doch der Mann erhob beschwichtigend die Hände:

„Slán, meine Freunde, ich bin Seán O'Brien von Castlebar und hier vertreten mit neunhundert Mann, um das Lager der Agil Sacha anzugreifen. Wir leben bereits seit einigen Monaten hier in den Wäldern von Coillte Maghach und warten seitdem auf den Tag der Vergeltung. Die Eindringlinge sind aber in starker Überzahl, ein junger, schöner Mann mit goldenen Haaren hat uns kurz nach Mitternacht informiert, von achttausend Mann hat er gesprochen. Wir allein hätten es unmöglich mit ihnen aufnehmen können, aber der schöne Jüngling hat euer Kommen bereits angekündigt. Ihr sollt etwa zweitausend Krieger haben, so dass wir es zusammen auf knapp dreitausend Mann bringen. Die zahlenmäßige Überlegenheit der Gegner ist immer noch überwältigend, so dass wir überlegen, ob wir den Angriff wagen sollen. Ich möchte mich diesbezüglich mit eurem Kommandanten besprechen, wer ist es übrigens?

Die Offiziere der Zwerge wiesen auf den Jungen und sagten im Chor:

„El Gabriel haben wir Treue geschworen und wir folgen ihm bis in den Tod." Offensichtlich verblüfft schaute Seán O´Brien den Jungen an, „aber er ist doch noch fast ein Kind“, sagte er.

Doch unbeeindruckt von den Worten des Hünen erwiderte der Junge:

„Hat der Elf dir nicht gesagt, dass die Zwerge von einem jungen Krieger angeführt werden?“

„Schon“, antwortete der Rotschopf, „aber ich hätte nicht gedacht, dass er so jung sein würde. Wie viele Schlachten hast du denn schon geschlagen?“

„Noch keine“, erwiderte El Gabriel ohne Verlegenheit“, und ich habe auch nicht vor, nach unserem Sieg jemals eine weitere zu schlagen. Was uns angeht, so habe ich keinen Beratungsbedarf, wir werden auf jeden Fall in wenigen Minuten angreifen, damit der Überraschungseffekt auf unserer Seite bleibt, du kannst entscheiden, ob ihr mit uns gemeinsam kämpfen wollt, oder euch lieber heraushalten möchtet, wir werden die eine wie die andere Entscheidung akzeptieren.“

Beeindruckt von dem selbstbewussten Auftreten des Jungen, schien Seán seinen Einwand vergessen zu haben und gab entrüstet zurück:

„Natürlich werden wir auf eurer Seite kämpfen, auch meine Männer folgen mir, notfalls bis in den Tod. Wir sind ebenfalls angriffsbereit und

sehen keine Notwendigkeit, länger zu zögern."
Die Zwerge hatten in der Zwischenzeit das
Lager lückenlos eingekesselt.

„Es geht los", sagte der Junge, „wir bilden die
Hauptfront, während die um das Lager verteilten
Krieger den Ring enger ziehen. Bist du in
unserer Front dabei?", fragte er an O'Brien
gerichtet.

„Sehr gerne", antwortete dieser, „möglichst weit
vorne."

Wenige Minuten später stürmten etwa
zwölfhundert Mann, El Gabriel, Seán O'Brien
und O'Gael an der Spitze in das Lager. Weitere
Achtzehnhundert stürzten mit lautem
Kampfgeschrei von allen Seiten herein. Die
Feinde waren einige Sekunden starr vor
Schreck, sie hatten noch keine Waffen angelegt.
Im Lager herrschte große Verwirrung, und viele
hatten das Waffenzelt noch nicht erreicht, als sie
erschlagen wurden. El Gabriel wusste, dass
seine Hand nicht töten würde, und er war sehr
froh darüber, denn auch die Gegner hatten
Frauen und Kinder zu Hause, und die meisten
von ihnen waren zu den Waffen gezwungen
worden. Je eher dieser Kampf beendet wurde,
umso weniger von ihnen mussten sterben.
Blitzschnell ließ er sein Schwert kreisen und

jeder, der auch nur von der Klinge berührt wurde, wandte daraufhin sein Schwert gegen seine Kameraden. So geschah es, dass die Zahl der Kämpfenden an El Gabriels Seite zunehmend wuchs. Diejenigen der Feinde, die auf ihn einschlugen, sanken schwer verletzt oder tödlich getroffen zu Boden, kaum erfassend, was mit ihnen passierte. El Gabriel versuchte so gut er konnte die Angriffe abzuwehren, weil er seinen Gegnern den Überraschungstod ersparen wollte. Seine Kameraden sahen ihn wie einen Löwen kämpfend und seine Gegner entweder in den Staub sinken oder unmittelbar nach ihrem Angriff sich auf seine Seite schlagend. Viele Soldaten Cal Brightons ergriffen die Gelegenheit und folgten ihren Beispielen, obwohl sie vom Schwert El Gabriel gar nicht getroffen worden waren. O'Briens Männer und die Zwerge wurden vom Geist des Jungen erfasst und für ihre Gegner unüberwindbar. Dann geschah das Unglaubliche, Cal Brighton stand dem Jungen plötzlich persönlich gegenüber. Grimmig blickte er El Gabriel an, aus seinen Augen blitzte Mordlust. Ein Kampf auf Leben und Tod begann, wobei, kurioser Weise, beide nur um ein Leben kämpften, um das Cal Brightons. El Gabriel wollte den Gegner um jeden Preis schonen, und so musste er vermeiden, dass dieser ihn traf. Wenn es ihm gelang ihn zu besiegen, wäre die Schlacht beendet – das wusste er. Wenn jemand seiner Kameraden ihm zu Hilfe eilen wollten, befahl er ihnen sich zurück zu halten. Brighton war ein erfahrener Kämpfer, so dass El Gabriel ihn mit seinem Schwert verfehlte, wenn er auf ihn einschlug. Umgekehrt gelang es dem Jungen, den Schlägen des Agil Sacha Führers auszuweichen. Beide standen sich gegenüber und belauerten sich. Dann erhob Brighton blitzschnell sein Schwert, um im nächsten Moment die Klinge herunter sausen zu lassen. Der Junge reagierte schnell und trennte mit seinem Anhánicum-Schwert die Klinge des Gegners vom Schaft, als wäre der Stahl eine Bananenmasse. Cal Brighton blickte verwundert auf den Rest, den er in der Hand hielt. Diesen Augenblick der Überraschung nutzte El Gabriel und stieß dem Gegner die Klinge in die Brust. Cal Brighton schaute ihm in die Augen, diese hatten jeglichen Ausdruck von Mordlust verloren. Der Junge zog ihm die Klinge aus der Brust. Einer der Offiziere der Agil Sachas eilte zu seinem Kommandanten. Als dieser sein Schwert gegen El Gabriel erhob, stoppte Brighton ihn mit den Worten:

„Lass ab, gib mir dein Schwert."

Der Offizier glaubte, dass dieser die Aufgabe selbst erledigen wollte und überreichte ihm, süffisant grinsend, sein Schwert. El Gabriel stand ruhig dabei und wartete ab. Das Kampfgeschehen hatte aufgehört, alle Augen waren auf die Beiden gerichtet.

Sobald der Kommandant das Schwert empfangen hatte, kniete er vor El Gabriel nieder und legte ihm das Schwert zu Füßen.

„Hiermit schöre ich, dir mit meinen Männern treu zu dienen und werde dir auf Befehl bis in den Tod folgen."

„Das wird nicht nötig sein", antwortete der Junge, „ich gebe dir nur einen Befehl: Gebt die besetzten Gebiete von Erin frei und kehrt in Frieden in euer Land zurück. Lasse deine Krieger zu ihren Familien zurückkehren."

„Wie du befiehlst, Herr, aber, wenn du mich eines Tages rufen solltest, werde ich zu dir eilen und an deiner Seite kämpfen."

„So sei es", sagte der junge Held, „und nun ziehet hin in Frieden."

Viele Augen sahen die Legende von Anhán in Erfüllung gehen. Die Schlacht ging als das Wunder von Coillte Anhán in die Legenden ein. Bereits eine Woche später hatte Cal Brighton alle eroberten Gebiete Erins freigegeben und

war mit den meisten seiner Leute in seine
Heimat zurückgekehrt. Viele aber hatten sich
mit den Einwohnern angefreundet und Erin zu
ihrer Heimat gemacht. Die Geschichte über das
Wunder von Anhán endet hier, nur eines gibt es
noch zu sagen. Die schöne Al´Dorin hat ihre
Unsterblichkeit aufgegeben und ist El Gabriels
Frau geworden. Das ist das eigentliche Wunder.
Al'Dorin wählte die Sterblichkeit aus Liebe, und
dieses Opfer wird noch in den Legenden
weiterleben, wenn das Wunder von Coillte
Anhán längst in Vergessenheit geraten ist".

Als Seán endet, blicken er und Saóirse sich tief in
die Augen, Tränen rinnen an ihren Wangen
herunter. Sie haben die Welt um sich herum
vergessen und auch den Barden, der mit
krächzender Stimme Countries singt, nehmen sie
nicht wahr. Dann bricht Saóirse das Schweigen:
„Das ist eine wundervolle Geschichte und ich bin
tief beeindruckt. Jetzt können die Menschen hier
über dich erzählen, was sie wollen. Was immer du
auch angestellt hast, es kann nichts wirklich Böses
sein. Wer eine solche Geschichte mit so viel Gefühl
erzählt, muss im Grunde gut sein."
Seán lächelt verlegen:
„Danke für so viel Vorschussvertrauen, aber willst
du nicht erst einmal hören, was man über mich
erzählt?"

143

„Nicht heute", erwidert Saóirse, „ich möchte den Zauber deiner Geschichte noch ein wenig auskosten." Sie lächelt als sie hinzufügt:
„Du kannst morgen auf deine Sünden zurückkommen, wenn du möchtest, aber du bist mir wirklich keine Rechenschaft schuldig."
„Ich will darauf zurückkommen und ich glaube, du hast ein Recht darauf, weil ich mich in dich verliebt habe und meine Geliebte soll alles über mich wissen."
Als er diese Worte sagt, spürt sie das Grummeln in ihrem Bauch stärker, als es ohnehin schon war.
„Ich weiß noch nicht, wie sich Liebe anfühlt", antwortet sie, „aber wenn es das ist, was ich spüre, glaube ich, es gibt keinen Zweifel, ich habe mich auch verliebt."
Seán hält ihre Hand fest in seine und schaut sie an. Die nächsten Minuten bedürfen keiner Worte, die Augen erzählen alles. Die Welt um sie herum scheint nicht zu existieren.
„Der Unterhalter hat sein ‚Whisky in the Jar' beendet. Solch bekannte Dubliner Klassiker erwarten zahlreiche Touristen, die jetzt in der Ferienzeit die Insel besuchten. Verheißungsvoll kündigt der Sänger den ‚Wild Rover' an, den letzten Song, den er sich vor dem obligatorischen ‚Sinne Fianna Fáil' noch abringen lässt. Als er beginnt, reißt er die Verliebten aus ihrer

Versenkung, es gibt schlechtere Gründe zu gehen.
Es ist halb Elf (auf dem Kontinent sagt man, halb
zwölf), als sie auf der Market Street stehen, zu früh
um den Abend zu beenden. Das ‚No–ne-never‘ aus
dem Lokal dringt nicht mehr bis hierher, doch der
Trubel im Städtchen erreicht seinen Höhepunkt. Es
ist hier kaum stiller als im Lokal. Seán hat beide
Arme um Saóirse geschlungen, sie hat ihre an seine
Taille gelegt, Saóirse bekommt den ersten Kuss
ihres Lebens. Die sich laut amüsierenden
Nachtmenschen der Stadt existieren nicht. Sie sind
nicht Zwei und nicht Eins, nicht Sänger und nicht
Musik, nicht Tänzer und Tanz, sie sind ein
Universum.

Nun weiß Saóirse, nein, sie weiß nicht nur, sie
erlebt, was Liebe ist. Sie hat gelebt wie der Frosch,
der in der Wiese sitzt, neben den schönsten
Blumen, und doch nicht weiß, wie Honig schmeckt.
Jetzt ist sie Biene und kostet das süße Aroma der
Liebe. Nach einer kleinen Ewigkeit beginnt für sie
wieder die Zeit, das Raumschiff kehrt zurück, doch
das Gefühl der Unendlichkeit bleibt, als ihre
Lippen sich lösen.

„Ich liebe dich“, haucht sie und muss nicht mehr
nachdenken, es fühlt sich richtig an.

„Musst du heute Nacht zurück?“ fragt Seán leise,
als ob er den Zauber, der sie umgibt, nicht
durchbrechen will.

„Um nichts in der Welt", flüstert sie.

„Ich habe nur ein kleines Appartement, du weißt, dass ich eigentlich in Dublin lebe."

„Ein Seerosenblatt wäre groß genug für uns", haucht sie.

„Oder eine Wiese", sagt Seán, „eine Wiese als Bett, ein Dach aus Sternen und Musik vom Orchester des Maestro Natur."

„Ich weiß, wo diese Herberge liegt", sagt Saóirse mit immer noch gedämpfter Stimme.

„Die Liegestatt ist weich und duftig, das Dach mit Millionen Diamanten bestückt, ein großer Meister dirigiert das Konzert der Solisten, wunderbare Musiker wie der Fluss, der Wind und die Tiere."

„Ja", sagt Seán, „dort wollen wir übernachten."

„Es sind zwanzig Minuten hinunter zur Glore", sagt sie, „lass uns nur eine Decke mitnehmen, weil es dort in der Nacht, selbst im Sommer, verhältnismäßig kühl werden kann."

„Ich habe Schlafsäcke daheim, damit sollte es uns warm genug sein."

„Dann lass uns keine Zeit verlieren."

Ein freudiger Schauer durchläuft ihren Körper, die Nacht allein mit dem Geliebten an einem ihrer Lieblingsorte zu verbringen, bedeutet für sie in diesem Moment höchstes Glück.

Wenig später befinden sie sich auf dem Weg, passieren Cultrasna und Corrib und das letzte

Häuschen, wonach es steil hinunter zum Fluss geht. Die letzten Meter bis zur Brücke laufen sie ausgelassen und lachend. Übermütig wirft er die Schlafsäcke über die Bruchsteinmauer am Ende der Brücke und springt mit einem Satz hinüber. Galant reicht er ihr seine Hand.

Obwohl sie schon einige Male allein hier hinübergestiegen war, nimmt sie seine Hilfe gerne an. Von der Mauer lässt sie sich vertrauensvoll in seine Arme fallen, er hält sie fest umschlungen und küsst sie, willig öffnen sich ihre Lippen. Sie schlendern Hand in Hand den Fluss entlang, der links von ihnen tosend seine Anwesenheit bestätigt. „Lass uns hierbleiben", sagt sie, als hohes Gras angenehmes Liegen verspricht. Er entrollt die Schlafsäcke und breitet sie auf dem Boden aus. „Lass uns eine Weile sitzen und lauschen", sagt er leise. Sie lassen sich in den weichen Stoff sinken und schauen, eng umschlungen, Wange an Wange, in die rauschende Glore. Kein Wort ist nötig, denn beide fühlen dasselbe. Es ist fast windstill, das leise Fächeln der Luft geht im Flussrauschen unter. Die Nacht ist klar und das Panorama der Sterne verwebt sie mit der Unendlichkeit. Wenn es ein höchstes Glück gibt, so ist es das, was sie beide jetzt empfinden.

„Ich kann die Schlafsäcke zu einem großen verbinden", sagt er nach einer Weile, „oder möchtest du deinen eigenen?“

„Mache einen großen“, erwidert sie. Minuten später liegen sie eng gekuschelt aneinander. Obwohl sie voll angekleidet sind, spürt sie seine Erregung. Saóirse weiß, was es ist, schon früh hatte die Alte Méabh sie aufgeklärt. Doch es ist etwas anderes davon zu hören, und es zu fühlen. Sie erinnert sich, was die Alte Méabh ihr von der Liebe gesagt hat. Ja, sie wünscht sich das, eng vereint mit ihrem Liebsten.

„Wollen wir es tun?“, flüstert sie.

„Es gibt nichts, was ich mir mehr wünsche“, antwortet er und sie spürt seine Erregung stärker.

„Ich darf es aber nicht, nicht jetzt“, fährt er fort.

„Was hindert dich?“, fragt sie Seán.

„Das Unausgesprochene“, sagt er, „ich kann es nicht, bevor du mich kennst, und ich darf es auch nicht aus anderen Gründen.“

Saóirse ist etwas enttäuscht, wenn sie es nicht mit Seán erfahren kann, mit wem dann? Doch sie sagt sich, dass Seán triftige Gründe haben wird.

„Lass es gut sein“, sagt sie, „wir werden morgen reden und du sagst mir, was du Schlimmes getan hast. Jetzt aber denken wir nicht daran, die Nacht ist zu schön.“

Eng schmiegt sie sich an ihn und genießt die Wirkung. Lange liegen sie dort und immer wieder ergeben sie sich in heftigen Küssen, bis sie der

Schlaf umfängt.

Es ist schon heller Morgen, als ein über die Brücke donnernder Riesentraktor sie aus dem Schlaf holt. Sie liegen noch immer umschlungen und schauen sich überrascht an. Es wird ihnen erst langsam bewusst, wo sie sich befinden.

„Guten Morgen, meine Liebste", sagt er lachend, als sie ihre Augen öffnet, wie hast du in unserer Herberge geschlafen?"

Sie räkelt sich und antwortet:

„Phantastisch, das beste Bett, der Welt. Jetzt habe ich aber einen Bärenhunger."

„Gut", sagt er, „ich lade dich bei mir zum Frühstück ein, wir müssen nur Toast, Rashers, Eier, Sausages besorgen." „Und Kaffee", sagt sie, „und Milch", ergänzt er.

„Ist es nicht einfacher ins Frühstücks-Café zu gehen?", fragt Saóirse.

„Du hast recht, viel einfacher", sagt er, „außerdem herrscht bei mir zu Hause Chaos, zu sehr, um meine Liebste gebührend zu empfangen."

In Marys Coffee Shop halten sie ihre Kaffeetassen mit beiden Händen fest und schauen sich wortlos an. Formlose Gedanken schwirren in ihren Köpfen herum, das Echo einer magischen Nacht. Mary serviert selbst, ein reichhaltiges Irish Breakfast mit einem lächelnden „Lovely Day."

„Beautiful", kommt die Antwort gleichzeitig über

ihre Lippen, verträumt erwidern sie Marys Lächeln. Mit gutem Appetit essen sie ihr Frühstück, Seán hilft noch ein wenig nach, gemeinsam lassen sie keinen Rest übrig.

Diamant Valley

„Lass uns etwas unternehmen", sagt Seán, „ich habe ein Auto hier im Dorf und das Wetter ist sehr schön. Vielleicht fahren wir nach Enniscrone. Am Atlantik sind wir allein und dort kann ich mit dir reden. Kennst du den schönen Strand in der Killala Bay?"
"Es ist lange her, dass ich mit meinen Eltern und Geschwistern dort war, ich glaube, ich war zu klein, um mich zu erinnern.
„Umso besser", antwortet er, „bei diesem Sonnenschein heute kannst du die ‚Diamanten' am Strand glitzern sehen; vielleicht erinnerst du dich ja doch noch an ‚Diamant Valley'."
„Ich weiß, dass es so genannt wird, weil es so glitzert. Ich habe heute noch Zeit, ich würde gerne mit dir hinfahren", sagt Saóirse.
„In einer Stunde sind wir da", sagt Seán, „wir sollten keine Zeit verlieren."
Sie erheben sich und er zahlt das Frühstück. Wenige Minuten später rollt Seáns alter Volvo schon über die Bohola-Road. Später passieren sie Foxford und Ballina und fahren nun am Ufer des

River Moy in Richtung Enniscrone.

Saóirse spürt eine sich aufladende Spannung und sie weiß, dass etwas aus ihm herauswill, sie überlegt, wie sie ihm helfen könnte.

„Ich habe keinen guten Ruf in Kiltimagh“, beginnt Seán.

„Soweit waren wir schon einmal“, erwidert Saóirse mit einem Lächeln, und dann hat sie eine Idee, wie sie es ihm leichter machen könnte. Deshalb fährt sie fort:

„Die Menschen haben Vorurteile, das habe ich am eigenen Leib erfahren. Auch ich habe dir und den anderen nicht alles über mich erzählt. Die Menschen haben auch Vorurteile gegen meinesgleichen.“

Seán blickt sie kopfschüttelnd an.

„Welche Vorurteile sollte man gegen dich schon haben? Bei mir ist der Ruf zum Teil sogar gerechtfertigt, zumindest, wenn man die Hintergründe nicht kennt.“

„Das ist das Gleiche bei mir“, beharrt Saóirse, „ich habe auch einen Ruf, oder besser gesagt, nicht ich allein, sondern mein ganzes Volk.“

Seán scheint vergessen zu haben, was er sagen wollte, er scheint amüsiert zu sein.

„Seid ihr eine Verbrecherfamilie?“, fragt er scherzend, doch Saóirse lacht nicht.

„Viele werden es so sehen“, sagt sie. Sie bemerkt

151

Seáns Verwirrung, er ist überrascht, mit welcher
Ernsthaftigkeit sie dies gesagt hat. Sie fährt fort:
„Ich bin das, was die meisten Tinker nennen, wir
aber nennen uns Pavee oder Traveller."
In diesem Augenblick spürt sie, wie gut es tut, zur
eigenen Herkunft zu stehen.
„Du?", entfährt es ihm, „du siehst gar nicht so aus."
„Siehst du? Du hast auch Vorurteile, wie müssen
wir denn aussehen?"
„Du hast Recht", antwortet Seán kleinlaut, „das
war eine dumme Bemerkung."
„So dumm war sie gar nicht", erwidert sie, „was
sollst du auch sagen, wenn du uns nur vom Sehen
kennst. Wahrscheinlich bist du mit den
Geschichten aufgewachsen, die über uns erzählt
werden und manchmal sind sie sogar wahr.
Tatsache ist, dass es auch bei uns Gute und
Schlechte gibt. Die Menschen neigen dazu, das zu
sehen, was sie sehen wollen. Bei uns haben sie sich
dafür entschieden, das Schlechte zu sehen. Wir sind
Menschen, vor denen sich die ‚Anständigen'
schützen müssen. Vor vielen Jahren habe ich selbst
erlebt, wie Geschäftsleute ihre Läden schlossen, als
ich mit meinen Brüdern in die Stadt kam. Als
Mitglied einer Travellerfamilie habe ich also auch
einen schlechten Ruf, egal ob ich gut oder schlecht
bin."
„Ich kenne euren Ruf", sagt Seán, „aber du bist

nicht persönlich dafür verantwortlich, so wie ich
für meinen. Ich meine, du hast keinen eigenen
schlechten Ruf. Außerdem ist es mir egal, ob du ein
Traveller bist oder nicht, du bist das Mädchen, das
ich liebe, alles andere ist zweitrangig."
„Siehst du", antwortete sie, „meine Gefühle für
dich werden sich auch nicht ändern, wenn du mir
von deinen Missetaten erzählst - es sei denn, es
wäre etwas wirklich Böses, aber das schließe ich
bei dir aus. Aber schau, ich glaube, wir sind am
Ziel."
Tatsächlich fahren sie gerade in Enniscrone ein,
links liegt einladend der weiße Strand. Seán lenkt
den Wagen durch eine Art Einfahrt, und dann liegt
die weiße, glitzernde Pracht vor ihnen. Weit fährt
er zwischen Wasser und Dünen den Strand entlang,
fast bis dorthin, wo die Moy in den Atlantik
mündet. Trotz des herrlichen Wetters ist der Strand
hier unten menschenleer. Mit einer Linkskurve
fährt er ein Stück auf die Dünen zu und hält an.
„Lass uns ein Stück den Strand entlanglaufen", sagt
er, „dann fällt es mir leichter."
Sie ziehen Schuhe und Strümpfe aus und schlagen
ihre Hosenbeine hoch. Händchenhaltend waten sie
durch das Wasser, so dass die brechenden Wellen
an ihre Waden klatschen. Das Rauschen von Meer
und Wind dringt tief in sie ein. Lange Zeit fällt kein
Wort, zu sehr sind sie gefangen in dieser

Atmosphäre. Sie wissen nicht, wie lange sie gelaufen sind, als er sie sanft in Richtung Dünen zieht. Hier führt ein schmaler, glitzernder Pfad den Sandhügel hinauf.

„Es sieht tatsächlich wie ein mit Diamanten durchsetzter Weg aus", durchbricht Saóirse die heilige Stille.

„Ja", sagt er geistesabwesend, „hier ist es richtig." Sanft zieht er Saóirse zu sich hinunter in den Sand. Das Meeresrauschen scheint hier weit entfernt und auch der Wind hat seine Macht verloren, es ist still ringsumher.

„Ich darf dich nicht lieben", beginnt er unvermittelt, „und doch kann ich es nicht lassen." Sie nimmt seine Hand und drückt sie. Was immer er sagen würde, sie ist entschlossen, ihn nicht zu unterbrechen.

„Es stimmt", fährt er fort, „dass ich für meinen Ruf mitverantwortlich bin, auch wenn es die Leute nichts angeht. Ich hatte die eine oder andere Affäre, nicht in Kiltimagh, aber in Balla und Swinford. Aber das spielt keine Rolle, so etwas spricht sich hier sehr schnell herum, auch über die Stadtgrenzen hinaus, vor allem in meinem Status."

Er macht eine Pause, als müsse er sich über seinen Status klar werden. Saóirse unterbricht ihn nicht, obwohl sie seine Qual bemerkt, sie wartet geduldig. Lange sitzt er da und sagt nichts, er scheint weit,

weit weg zu sein. Saóirse schweigt.

Dann sagt er plötzlich:

„Ich habe in Dublin eine Frau und zwei Kinder."

Saóirse spürt, wie ihr der Boden unter den Füßen weggezogen wird. Sie fühlt sich schwach, etwas krampft sich um ihr Herz, aber sie schweigt.

„Ich liebe meine Frau", fährt er fort, „und vor allem meine Kinder. Die Menschen in Kiltimagh wissen von ihnen, ich habe es nicht erzählt, doch der Wind hat es herübergetragen. Bisher war es o.k., die Affären waren für mich kein Widerspruch, sie bedeuteten mir nichts. Du musst wissen, dass die sexuelle Beziehung zwischen meiner Frau und mir in den letzten Jahren stark abgenommen hat, mit anderen Worten, es läuft nicht viel zwischen uns in dieser Beziehung. Ich weiß nicht, warum das so ist, ich glaubte früher einmal, an dem Begehren würde sich nie etwas ändern. Vielleicht ist es ja nur bei uns so, wie es bei anderen ist, weiß ich nicht. Trotz allem ändert es aber nichts an meinen Gefühlen zu meiner Frau.

Mit dem Ruf als solchem hat es aber so seine Bewandtnis. Einige Frauen im Dorf verachten oder hassen mich sogar, weil sie sich selbst in der Rolle der Betrogenen sehen. Die Männer sehen es eher gelassen, aber lassen wir das, es ist hier nicht weiter wichtig.

Mein Dilemma begann mit dir. Ich hätte nicht

erwartet, dass so etwas passieren kann, doch ich habe mich in dich verliebt. Nein, ich habe mich in dich verliebt und liebe dich jetzt wirklich. Doch wenn ich an meine Frau denke, ist die Liebe zu ihr nicht geringer geworden. Ich bin in eine ausweglose Situation geraten. Ich wünsche mir nichts mehr, als den Rest meines Lebens mit dir zusammen zu leben, doch das möchte ich auch mit meiner Frau und erst recht mit meinen Kindern. Gleichzeitig aber weiß ich, dass es unmöglich ist. Was soll ich nur tun? Kannst du mein Drama nachempfinden?"

Saóirse hält immer noch seine Hand, nur fester als zuvor. Sie spürt einen Schmerz, wie sie ihn nie zuvor gespürt hatte. Sie hatte geglaubt, dass nichts sie erschüttern könne, was immer Seán ihr erzählt. Nun sitzt sie, tief getroffen, spürt Hass gegen die unbekannte Frau in sich aufsteigen, oder ist es das, was die Alte Méabh Eifersucht nennt? Sie fühlt, dass dieser Hass Unrecht ist. Oh wäre die Alte Méabh doch hier, nie hatte sie diese mehr gebraucht als in diesem Moment. Sie überlegt, was die Alte ihr hier raten würde. Sie erinnert sich, sie hatte es ihr bereits gesagt:

, Höre auf dein Herz! '

Doch ihr Herz ist eine Mischung aus Schmerz, Hass und Verzweiflung. Der Ruf des Herzens ist leise, hatte die Alte Méabh gesagt.

Seán hat schon lange geschwiegen, er traut sich
nicht sie anzublicken. Sie legt ihre Hand auf seine
Wange und dreht seinen Kopf zu sich, zwingt ihn,
sie anzuschauen.
„Mein armer Liebling!", sagt sie, „ich möchte nicht
an deiner Stelle sein. Ich weiß jetzt alles über dich,
was immer jetzt passiert, es ist nichts falsch.
Komm, lass uns miteinander schlafen, hier und
jetzt, aber du musst mir helfen. Für mich ist es das
erste Mal."
Überrascht schaut er sie an und sagt:
„Aber nach allem, was ich dir erzählt habe?"
Sie legt den Zeigefinger auf seine Lippen.
„Das ist hier in diesem Moment nicht wichtig,
mache mich zu deiner Frau."
Sie fasst mit der Hand unter sein T-Shirt und fährt
zart über seinen Bauch, seine Brust. Langsam
erheben sich seine Hände, um sie zu umarmen, sie
zu streicheln und zu liebkosen. Dann wird Saóirse
seine Frau. Lange danach noch liegen sie im
warmen Dünensand, eng umschlungen.
„Jetzt bist du mein Mann", sagt sie. „Ja", sagt er.
„Ich gebe dich jetzt frei", fährt sie fort, „du wirst zu
deiner Frau und deinen Kindern zurückkehren. Wir
beide bleiben Mann und Frau, doch du wirst mit
deiner Familie leben. Spreche mit deiner Frau, man
darf niemals aufhören zu reden. Du hast für alle
Zeiten einen Platz in meinem Herzen, niemand

wird dich dort verdrängen. Doch wenn wir zurück
sind, in Kiltimagh, werden sich unsere Wege
trennen. Ich werde nicht zurückkehren nach
Kiltimagh. Was immer ich gesucht habe, ich habe
es gefunden. Vielleicht habe ich Glück und werde
ein Kind von dir unter meinem Herzen tragen."
Sanft löst sie sich aus seiner Umarmung.
„Komm, mein Liebster, lass uns zurückfahren."
Seán war wie benommen, doch jetzt protestiert er:
„Aber das kann doch nicht dein Ernst sein, wir
können uns nicht trennen, wir müssen
zusammenbleiben, ich liebe dich."
„Ich weiß", erwidert sie, „ich liebe dich auch, mehr
als sonst jemanden auf dieser Welt, doch nur wenn
wir uns trennen, haben wir eine Chance unsere
Liebe zu erhalten. Ich muss auf dich verzichten,
weil ich dich liebe, es gibt keinen anderen Weg.
Lass es uns nicht noch schwerer machen, ich werde
leiden, unendlich leiden. Ich weiß, dass es für dich
nicht einfacher sein wird." Sie reicht ihm die Hand.
„Lass uns zurückfahren."
Apathisch erhebt sich Seán und sie gehen zurück
zum Auto. Er zieht sie noch einmal an sich und sie
küssen sich leidenschaftlich. Unterwegs hält er
krampfhaft das Lenkrad umklammert.
„Wir finden einen Weg", sagt er, „es ist alles besser
als sich zu trennen, wir bleiben zusammen, du wirst
sehen."

„Natürlich, mein Geliebter“, doch Saóirse versteht darunter etwas anderes als er. Als sie in Kiltimagh eintreffen, hat Saóirse noch ein paar Stunden Zeit, bis ihr Vater sie an der Kirche abholt.

„Lass uns die wenigen Stunden noch nutzen, die uns bleiben, damit du etwas über mich und mein Volk erfährst, du sollst den Menschen kennen, den du für den Rest deines Lebens lieben wirst.“ Saóirse war sich sicher, dass Seán sie ebenso liebt wie sie ihn, überzeugt, dass die Trennung diese Liebe für immer konservieren wird. Sie weiß, dass er in diesem Moment nicht an diese Trennung glaubt, sie lässt ihm die Illusion.

In Joyce´s Bar erzählt sie ihm über das Leben der Pavee, über ihre Eltern und vor allem über die Alte Méabh. Sie erzählt von den Vorurteilen der Menschen gegen ihr Volk. Sie ermuntert ihn, wo immer ihm diese Vorurteile begegnen, diesen zu widersprechen. Widerspruch gegen Irrtümer einer Mehrheit brauchen Mut. Sie weiß, dass er diesen Mut hat. Die Zeit vergeht schnell und Seán möchte sie festhalten, als die Stunde gekommen ist. Saóirse erhebt sich, beugt sich zu ihm hinunter und küsst ihn leidenschaftlich.

„Lebewohl, mein Geliebter, du hast mich zu deiner Frau gemacht, doch mit dir leben, kann ich nicht. Gott segne und schütze deine Frau, deine Kinder und dich.“

Er versucht, sie am Arm fest zu halten, doch sie löst sich und verlässt das Lokal, ohne sich noch einmal umzudrehen. Laut weinend läuft sie durch die Nacht, es stört sie nicht, dass die Menschen sich zu ihr umdrehen. An der Kirche steht bereits das Auto ihres Vaters, doch als sie näherkommt, sieht sie, dass er nicht allein ist. Auf der Rückbank sitzt die Alte Méabh. Die letzten Schritte stürzt Saóirse wie in Panik auf das Auto zu, reißt die hintere Tür auf und wirft sich weinend in Méabhs Arme:
„Oh Méabh, ich wusste nicht, wie schmerzhaft es sein kann, wenn man auf sein Herz hört.“

Traumgleiter (Lyrik)

Ich habe das Schiff verlassen,
treibe zwischen Bewusstseinsfelsen einem
unbekannten Ufer zu.
Dort wartet das eigene Ich.
Noch weiß ich nicht, wie ich ihm begegnen soll;
ob es sich dem Treibenden im Traumsee der
Eitelkeit,
dem Gleitenden in der Zeitweiche zwischen Sein
und Dasein,
Wanderer zwischen Erinnerungsgrab und
Zukunftsgeheimnis,
der Sehnsucht, dem Rufen nach Erkenntnis
und der Liebe des Selbst hingeben will.
Benommen klammere ich mich an das Treibholz
des Urbewusstseins,
übergebe mich den flüsternden Traumgestalten,
die das flehende ICH BIN umschmeicheln.

Zeitreise nach Knockcroghery

Die Fahrt ist sehr anstrengend. Selten ist er die
Tour von Deutschland über Calais-Dover hinauf
nach Holyhead an einem Tag gefahren. Dieses Mal
musste er bereits am nächsten Vormittag in Galway
sein. Auf der Fähre nach Dublin hatte er noch eine
dreieinhalbstündige Ruhepause, doch nun biegt er
bereits auf die Nationalstraße, die ihn nach Westen
führen würde. Um diese Jahreszeit ist es bereits
lange dunkel und der diesige Regen hilft auch nicht
gerade die Fahrt zu vereinfachen. Das Stück
Highway hinter Dublin lässt sich noch leidlich
fahren, doch dann wird die Straße einspurig und
eng. Es geht nicht viel Verkehr nach Westen, an
jenem Samstag nach Weihnachten. Er passiert
Enfield, eine willkommene Abwechslung mit den
sich hell abhebenden Läden und Pubs. Nun hat er
die Lichter des Ortes hinter sich.
Dort hätte er sich ein Zimmer nehmen sollen, denn
jetzt, auf den dunklen Straßen in dieser
regnerischen Atmosphäre, übermannt ihn die
Müdigkeit. Er muss in einen Feldweg einbiegen
und anhalten, weil er einzuschlafen droht. Doch die
Müdigkeit ist wie weggeblasen, Zögern, er
beschließt weiterzufahren.
Jetzt klopft es hinten am Fenster, er schreckt auf.
Er blickt zurück und erkennt im Licht der

Rückscheinwerfer eine vom Regen durchnässte
männliche Gestalt. Er schließt die Tür von innen
und kurbelt das Fenster ein wenig herunter. Jetzt,
im Licht der Innenleuchte, wirkt der Mann nicht
bedrohlich. Auf die Frage, was er wolle, antwortet
er in akzentfreiem Deutsch:
„Entschuldigung, ich habe Ihr Kennzeichen
gesehen und nehme an, Sie sind Deutscher."
Er ist überrascht und erleichtert, unter diesen
Umständen die ihm vertraute Sprache zu hören.
„In welche Richtung fahren Sie von Kinnegad aus,
Longford oder Roscommon?"
Kurze Zeit später fahren sie gemeinsam auf der
Straße nach Kinnegad und biegen von dort auf die
Nationalstraße nach Galway ab. Sein Begleiter
heißt Michael, hier nennen sie ihn Mike. Er ist vor
vierzig Jahren mit seinen Eltern, die eine kleine
Farm gekauft hatten, von Aachen nach
Knockcroghery gezogen. Seitdem lebt er dort und
hat nach dem Tod seiner Eltern die Farm
übernommen. Inzwischen ist er selbst Vater von
drei Kindern.
Damals, vor dreißig Jahren, gab es nicht viele
Siedler in dieser Gegend. Der Fahrer ist sich
ziemlich sicher, dass es sich bei seinem Begleiter
um Michael handelt, der damals sein bester Freund
war.

Die Zeitreise

Als Fünfzehnjähriger verbrachte er ein Jahr als Gast auf einer Farm in der Nähe von Lough Ree. Die Familie Schmidt holte ihn vom Bahnhof in Athlon ab, alle waren gekommen: Vater Josef, den er später Joe nannte, Mutter Annemarie, genannt Ann, die zehnjährigen Zwillinge Rósín und Aileen und eben Michael. Er durfte vorne auf dem Bock sitzen, vor ihnen trabten zwei muntere irische Ponys. Die Kinder tobten hinten auf der Ladefläche herum. Die Zwillinge hatten einen seltsamen englischen Akzent, den er damals noch nicht verstand. Ab und zu fiel sein Name, sie lachten, und das war ihm peinlich. Ann, die seine Unsicherheit bemerkte, sprach mit ihm, um ihn abzulenken. Er erfuhr, dass sie Smith genannt wurden und dass zu Hause nur Deutsch gesprochen wurde. Sobald sie das Haus verließen, sprachen sie Englisch, Irisch war in dieser Gegend nicht üblich. Joe hielt die ganze Zeit die Zügel in der Hand und gab den Tieren Kommandos. Irgendwo hinter Knockcroghery bogen sie rechts in einen schmalen Weg ein, und es dauerte noch etwa eine Viertelstunde, bis sie die Farm erreichten.

Im Schein eines kleinen Dorfes blickt er nun von der Seite auf Michael, genannt Mike, und erkennt ihn mit Sicherheit. Mike seinerseits zeigt nicht den Hauch einer Ahnung, aber er wagt nicht, an der alten Wunde zu rühren.

Damals waren es noch zwei Wochen bis zum Beginn des Kurses, so dass er genügend Zeit hatte, die Familie vorher kennen zu lernen. Die Arbeit der Farmer war nicht so alltäglich, wie man es von deutschen Bauernhöfen kannte. Die Arbeit auf dem Hof beschränkte sich auf die Schaf- und Rinderzucht. Vor acht Uhr morgens stand hier niemand auf. Ann war meistens die Erste, und die Zwillinge kamen, wenn Würstchen, Speck und Eier gebraten waren. Er gewöhnte sich schnell daran, wie Joe und Mike erst gegen neun zum Frühstück zu kommen. Er erinnert sich noch gut daran, wie er eines Abends mit Joe in die Stadt fuhr und sein erstes Pint trank. Zu Hause in Deutschland durfte er noch kein Bier trinken, aber hier bekam ein Junge mit fünfzehn zum ersten Mal ein Pint. Er weiß noch, wie bitter das schwarze Bier schmeckte, aber er ließ es sich nicht anmerken.

Gegen halb neun kamen Jungen und Mädchen mit Musikinstrumenten in den Pub zu einer Session, wie man hier sagt. Er fühlte sich in eine fremde Welt versetzt. Diese typische Musik hörte er später noch oft. An diesem Abend war sie das Letzte, an das er sich erinnerte.

In der folgenden Zeit begann er, mit Mike den Lough Ree zu erkunden. Mike zeigte ihm, wie man ein Boot steuert und wie man Hechte fängt. Von morgens bis abends waren sie zusammen, und dreimal in der Woche fuhren sie mit Joe in die Stadt in ein Pub, aber er hatte vorerst genug vom Bier. Joe sagte, nur hier bekäme man Neuigkeiten. Samstags fuhr Ann mit, denn abends wurde hier getanzt.

Die Ferien gingen schnell vorbei und er wurde in die Schule eingeführt.

Er schaut zu Mike hinüber, der gerade von der Vergangenheit erzählt. Jeden Moment müsse er ihn erkennen, meint er. Der Begleiter erzählt gerade von den Zwillingen, die kurioserweise auch mit einem Zwillingspaar aus dem Nachbarort verheiratet sind.

„Ich habe meine Eltern früh verloren“, sagt Mike. Joe starb mit 59 Jahren an einem Herzinfarkt. Zwei Jahre später starb auch Ann an Krebs. Mike macht eine kurze Pause in seiner Erzählung, der Fahrer spürt seine Betroffenheit, die auch ihn ergreift. Joe und Ann waren ihm damals ans Herz gewachsen. Das vertraute Gefühl, noch so viel zu sagen zu haben und nun die Chance ein für alle Mal verpasst zu haben, überkommt ihn, er versucht, in dieser seltsamen Nacht die Fassung zu bewahren.

Damals, zu Hause in Deutschland, hatte er kaum mehr als einen höflichen Brief geschrieben. Er bekam noch zwei von der Familie, einen beantwortete er knapp. Zu sehr hatte ihn das Geschehene mitgenommen, und er war froh, als es vorbei war. Seitdem hatte er nie wieder etwas von den Schmidts gehört.

Mike riss sich zusammen und erzählt nun von Siobhán.

„Sie war die Schönste im County", schwärmt er, „viele Jungs wollten sie, aber ich bekam sie", fährt Mike fort.

Der Fahrer spürt ein Unbehagen, berührt von seinem damaligen Verhalten, aber zum Glück scheint Mike nichts zu ahnen.

Vier Wochen bevor sein Aufenthalt in Irland zu Ende ging, lernten sie Siobhán an einem Samstag beim Tanzen in der Stadt kennen. Er verliebte sich Hals über Kopf in sie. Sie schien sich auch für ihn zu interessieren, und er erinnerte sich noch gut daran, dass es Mike ärgerte, dass sie ihn nicht beachtete. Mike erinnerte ihn verschwörerisch flüsternd an den Schwur am See, dass nichts und niemand zwischen sie kommen dürfe. Der Gastjunge tat an diesem Abend so, als würde er das respektieren, aber insgeheim verabredete er sich mit Siobhán für den nächsten Sonntag. In den nächsten Tagen kam ihm Mike seltsam und linkisch vor. Das störte ihn nicht, denn er war verliebt.

Dieser Sonntagabend, der Beginn seines ersten Rendezvous, war wie ein Traum, sein erster Kuss mit einem Mädchen.

Doch gegen Mitternacht tauchte auch Mike auf und setzte sich wie selbstverständlich an ihren Tisch. Entgegen seiner Erwartung verhielt er sich freundlich, obwohl er leicht angetrunken war. Er freute sich für ihn, das schönste Mädchen der Stadt für seinen besten Freund. Dabei starrte Mike Siobhán unverhohlen in die Augen. Seine nun folgenden intimen Komplimente ärgerten den Gastjungen. Doch ihre Empfänglichkeit machte ihn wütend. Er hatte damals lernen müssen, dass Eifersucht bei Mädchen nicht besonders sexy wirkt. Da er für diese Lektion aber noch nicht bereit war, ließ er die Sache eskalieren, kurz: Er vermasselte alles. Er verlor Siobhán an Mike, so jedenfalls seine dumme Sicht der Dinge. Er gab Mike die Schuld und wurde sein Feind.

Die vierzehn Ferientage bis zu seiner Rückkehr nach Deutschland konnte er kaum ertragen und verbrachte sie einsam mit seinem Schmerz am Ufer des Lough Ree. Irgendwie schaffte er es, sich von der Familie Smith zu verabschieden.

Im nächsten Scheinwerferlicht eines entgegenkommenden Autos sieht der Fahrer Mikes betroffenes Gesicht.

„Siobhán ist vor zehn Jahren bei einem Autounfall ums Leben gekommen", sagt er, „sie lebte und arbeitete in Dublin. Als sie morgens zur Arbeit fuhr, geriet ihr Auto bei einem Überholmanöver ins Schleudern und verunglückte. Sie beendete die Beziehung zu mir, als sie nach Dublin zog, um dort zu studieren. Ich habe sie wirklich geliebt, aber ich konnte sie nicht halten."

Der Fahrer ist genauso betroffen, es ist, als hätte er sie gerade wirklich verloren. Vielleicht wäre alles anders gekommen, wenn er sich damals nicht so dumm verhalten hätte. Wer weiß, wenn er sich entschuldigt hätte. Aber er war ein dummer Junge. Seine Gedanken kreisten um das ‚Was wäre, wenn‘. Fast vergisst er, dass er nicht allein ist.

„Es war eine große Sache damals hier in der Stadt", fuhr Mike fort und riss den Fahrer aus seinen Gedanken.

„Es hat mir die Liebe meines Lebens genommen, darüber bin ich bis heute nicht hinweggekommen. Wer weiß, vielleicht wären wir nach ihrer Rückkehr wieder zusammengekommen.".

Mike ahnt nicht, dass die Wunde seines Fahrers frischer ist.

„Entschuldigen Sie", fährt Mike fort, „manchmal werden Erinnerungen wieder lebendig. Wir sind angekommen, Sie können mich hier aussteigen lassen.

Tatsächlich sind sie in Knockcroghery angekommen. Mike bedankt sich überschwänglich und schlägt vor, ihn bald zu besuchen, dann müsse er von sich erzählen. Er beschreibt ihm noch den Weg zu seiner Farm, den der Fahrer so gut kennt. Es ist ein neuer Tag und er hat seine Geschäfte in Galway bereits erledigt. Deshalb beschließt er, nach Knockcroghery zu fahren und sich seinem alten Freund zu erkennen zu geben. Nachdem er darüber geschlafen hat, kommt ihm seine Zurückhaltung der letzten Nacht lächerlich vor. Schließlich war die damalige Missstimmung eine Jugendtorheit gewesen, die er im Leben eigentlich überwunden hatte. Aber in seiner angespannten Verfassung der letzten Nacht ist er wieder in die Stimmung seiner Jugend zurückgefallen. Die Erinnerung daran kommt ihm heute surreal vor, und es wird Zeit, dass er seinem alten Freund Mike als Mann begegnet.

***

Er ist verwirrt. Zurück in Knockcroghery findet er anstelle des Farmhauses die Ruine des vertrauten Hauses. Er muss ins Dorf gehen, denn in Irland bekommt man Informationen am sichersten in den Pubs. Von einem alten Farmer erfährt er, dass Mike etwa vier Jahre nach seinem Aufenthalt an Leukämie gestorben war. Siobhán hatte einen Landlord aus Moate geheiratet. Ein Jahr nach Mikes Tod kehrte die Familie nach Deutschland zurück. Seitdem steht das alte Farmhaus leer. Hinter vorgehaltener Hand flüstert ihm der Alte zu: " Das Farmhaus ist haunted und niemand mag sich dort nach Einbruch der Dunkelheit aufhalten…"

***

Der Geschichtenerzähler von Tralee

Lange Zeit bevor Fernsehgeräte die Wohnstuben
und Pubs vereinnahmten (soziale Medien lagen
noch weit in der Zukunft), unterhielten
Geschichtenerzähler in Irland von Zeit zu Zeit die
Menschen. In den Dörfern versammelten sich die
Leute in den Lounges der Pubs an den Kaminen,
um den Erzählungen der Storyteller zu folgen. Es
geschah nicht selten, dass sich die Geschichte eines
guten Erzählers über mehrere Tage hinzog. An den
jeweiligen Tagen fieberte man schon Stunden
vorher einem Abend entgegen, der die Fortsetzung
einer Geschichte bringen würde. Ale und Stout
flossen in Strömen und mit jedem Pint wurde die
unheimliche Geschichte unheimlicher, die
mysteriöse mysteriöser und die witzige witziger.
Meist waren es ältere, erfahrene Frauen oder
Männer, die das Beste zu erzählen hatten, und
niemand wusste, ob sie die Geschichten erfunden
oder erlebt hatten.
An jenen Zeiten anknüpfend finden heute an vielen
Orten jährlich die so genannten Storyteller
Festivals statt. Die Geschichtenerzähler des Landes
finden sich ein, um die alte irische Tradition für
wenige Tage wieder aufleben zu lassen. Die
Menschen in Dörfern und Stätten vergessen ihre
Fernsehgeräte oder sonstigen Zeitkiller und

kommen, wie in den alten Tagen, zusammen. Während eines Festivals in Kiltimagh, saß ich in Joyce´s Bar, als ein erwarteter Erzähler von Tralee aus der Grafschaft Clare den Gastraum betrat. Es war noch das bescheidene Joyce´s, mit der kleinen Bar, und Visasvis, wie von Amerikaemigranten verlassen, das Relikt von Verkaufsecke mit Theke, ein Museum mit alten Schachteln und Dosen. Es war das Joyce´s, wie man es zu Anny Joes Zeiten kannte, jener Zeit, als die alte Dame mit dem Mädchenlächeln noch die Landlady dort war. Der Künstler war hier bekannt, und als er mit Beifall empfangen wurde, wusste auch ich, dass er es war. Sofort versammelten sich die Leute in einem Kreis um ihn, der auf einem erhöhten Stuhl Platz genommen hatte. Ich habe seinen Namen vergessen, aber die Geschichte, die er zu erzählen hatte, ist mir umso lebhafter in Erinnerung geblieben:

„Sie kennen mich als einen Erzähler, dem nie der Stoff für eine Geschichte ausgegangen ist. Sie wissen vielleicht auch, dass ich nur erzähle, was ich wirklich selbst erlebt habe oder was mir aus vertrauten Quellen, deren Wahrhaftigkeit ich nie anzweifeln würde, zugetragen wurde. Und doch, selbst diejenigen, die mich kennen, werden nicht glauben, was mir vor vielen Jahren passiert war.“

Wenn man keine Geschichten mehr hat.

Ich war noch ein ziemlich junger Mann, als ich schon als Geschichtenerzähler lokalen Ruhm erworben hatte. Jung und Alt, viele sogar wesentlich älter als ich, kamen allabendlich im Pub unseres Dorfes zusammen, um meine Geschichten zu hören. Ich glaube ich übertreibe nicht, wenn ich sage, dass ich schon ein Meistererzähler war. Dann passierte es:

Es war ein St. Patricks Day, als es mir aus heiterem Himmel in den Sinn kam, dass all meine Geschichten nun jeder kannte und ich nichts mehr zu erzählen hatte. Ausgerechnet an jenem Tage erwartete jeder von mir etwas Spannendes oder Lustiges. Da ich mich diesem Erwartungsdruck nicht gewachsen fühlte, packte ich das Nötigste zusammen und verließ wie ein Verbannter mein Heimatdorf, um der erwarteten Schande zu entgehen.

Viele Wege war ich seitdem gezogen und an etlichen Orten hatte ich mich als Tagelöhner verdingt, doch nie hatte ich es versucht, mich wieder mit Hilfe meiner Kunst zu ernähren. Eines Tages kam ich auch nach Kiltimagh. Niemand kannte mich damals hier. Es war spät, als ich ankam und die Pubs hatten schon geschlossen. Nur hier im Joyce's hörte ich noch

Stimmen. Ich klopfte an die Tür, erst vorsichtig, dann energisch und schließlich unverschämt, ich brauchte eine Bleibe für diese Nacht. Schließlich öffnete eine alte Dame die Tür, taxierte mich mit einem kurzen Blick und zog mich unvermittelt am Handgelenk in das Pub.

Hier war noch der Teufel los, der kleine Raum war rappelvoll und unzählige Stimmen schwirrten durch den Raum. Ich trank ein paar Pints und war sehr gut gelaunt, als ich bemerkte, dass alle Gäste außer mir schon gegangen waren. Die alte Dame stand neben mir und sagte:

„Ich weiß nicht, was du sonst suchst, aber ich nehme an, dass du zumindest eine Schlafgelegenheit für diese Nacht benötigst, die kann ich dir geben."

Ihr könnt euch vorstellen, wie dankbar ich für dieses Angebot war.

Der Geschichtenerzähler verneigte sich in Richtung Anny Joe:

„Deine Mutter war eine großartige Frau, Ann."

Anny Joe zeigte ihr schönstes Lächeln.

„Nun ja", fuhr der Erzähler fort, „die alte Dame führte mich zwei enge Treppen nach oben in einen Raum, den ich für mein Leben nicht vergessen werde. Als sie eine Lampe einschaltete, sah ich am gegenüberliegenden Ende unter der Decke einen großen Wasserkasten, der laut gluckerte. Rechts stand eine Liege, die mit einer Spitzendecke abgedeckt war. Ein altertümlicher Schrank enthielt verschnörkelte fromme Gegenstände. Auf einem Tisch, der mitten im Raum stand und von dem die Lampe leuchtete, lagen vielerlei Arten von Utensilien, deren Nutzen ich nicht einzuordnen vermochte. Sie lud mich ein, es mir auf dem Bett bequem zu machen.

Als sie gegangen war, schaltete ich die Lampe aus und legte mich sofort hin. Das Gluckern, mal mehr, mal weniger, ließ mich aber lange nicht einschlafen. Plötzlich schreckte ich hoch, ich musste schließlich doch eingeschlafen sein. Mir war, als ob ich unten im Pub Geräusche gehört hätte. Tatsächlich polterte es in diesem Moment von unten. Ich glaubte, dass jemand aus diesem Haus noch arbeiten würde und drehte mich zur Seite, um weiter zu schlafen, dann ertönte ein schriller Schrei, als ob jemand um sein Leben fürchtete. Ich saß senkrecht im Bett und richtete meine Aufmerksamkeit nach unten. Von dort drangen nun hastig flüsternde Stimmen nach oben. Mir wurde unheimlich und ich versuchte die Lampe auf dem Tisch zu finden.

Im Raum war es stockfinster, so dass ich nach ihr tasten musste. Ich war sicher, sie dort gesehen zu haben, doch meine Hände konnten sie nicht ertasten. Dann durchbrach ein markerschütternder Schrei die Finsternis, sodass ich mich reflexartig duckte. Mein Körper bebte vor Furcht und ich versuchte mir plausible Erklärungen zurecht zu legen. Doch mir fiel nicht einmal eine halbwegs plausible Erklärung ein, vielleicht wollte ich es auch nicht wissen. Ich hörte halblautes Gemurmel, es mussten mindestens ein Dutzend Männer dort unten sein.

Nachdem ich einige Zeit in geduckter Haltung verbracht hatte, fasste ich mir ein Herz und beschloss, mich nach unten zu schleichen und vorsichtig nachzusehen. Ich fühlte mich nicht wohl in meiner Haut, aber es gelang mir, mich bis vor die Tür des Pubs zu schleichen. Ein seltsamer Lärm drang aus dem Raum, der nicht von menschlichen Stimmen zu stammen schien, dann wieder ein Todesschrei, der mir durch Mark und Bein fuhr. Kalter Schweiß stand mir auf der Stirn. Ich war nicht in der Lage zu fliehen oder den Pub zu betreten, erstarrt stand ich da und umklammerte die Türklinke. Dann sagte eine Männerstimme:

‚Da ist doch jemand an der Tür, ich rieche es.'

Mich packte das kalte Entsetzen, ich war
entdeckt.

'Wollen wir ihn nicht zu uns einladen? ',
vernahm ich von einer anderen Stimme, 'dann
muss er nicht länger wie ein Dieb an der Tür
lauschen. '

'Ja, holen wir ihn zu uns', meinte ein Dritter,
'soll er uns sagen, warum er uns bespitzelt. '

‚He du', rief ein anderer, ‚komm herein und
zeige dich, wenn du nichts zu verbergen hast. '

Obwohl ich vor Angst wie gelähmt war,
bewegte sich mein Körper mechanisch, ohne
meinen Willen aber auch ohne, dass ich es noch
hätte verhindern können, ich konnte mich nicht
mehr entziehen.

Mitten im Pub stand ein großer runder Tisch, um
den tatsächlich zwölf grimmige Männergestalten
saßen. In der Mitte brannte die Lampe, die ich
oben in meinem Schlafraum nicht mehr finden
konnte. Von der gequälten Frau, die ich hier
vermutete, sah ich keine Spur. Einer zeigte auf
einen dreizehnten leeren Stuhl:

‚Wie damals hattest du dich hinter der Tür
versteckt, um dich deiner Aufgabe zu entziehen.
Setze dich! Wir haben auf dich gewartet, jetzt
sind wir vollzählig. '

Diese Aussage berührte mich noch merkwürdiger als das Vorangegangene. Ich versuchte, mir die Beklemmung nicht anmerken zu lassen und setzte mich, wie mir geheißen. Derselbe Sprecher fuhr fort:

‚Heute jährt sich zum siebenhundertsten Mal der Tag, an dem unser Bruder Georg McOlean von seiner Gattin Máire heimtückisch ermordet wurde. Wir übrigen dreizehn Brüder hatten diese Schlange überführt, sie verurteilt und enthauptet. Aus diesem Anlass kommen wir alle einhundert Jahre hier zusammen, um von der verdammten Máire das Geständnis zu erzwingen. Dieses haben wir soeben erhalten. ’

Dann wandte er sein Gesicht mir zu und sprach:

‚Bruder Jeremias, du bist gerade wieder einmal zur rechten Zeit gekommen, um das Urteil erneut zu vollstrecken, du weißt, dass deine Hand das Schwert der Rache führt. ’

Der kalte Schweiß lief mir über den Rücken, ich war hier unter Verrückte geraten. Unter einem wahnwitzigen Vorwand hatte man eine arme Frau gequält, um dieses sogenannte Geständnis zu erzwingen, die Todesschreie konnte ich nun einordnen. Jetzt sollte ich dieses unglückliche Wesen töten.

‚Hole die Delinquentin ', sagte der Sprecher zu

einem seiner Brüder. Dieser erhob sich und verschwand im hinteren Raum. Wenige Sekunden später führte er eine junge Frau in einem blutbefleckten weißen Kleid herein, deren Augen mit einer schwarzen Binde verbunden waren. Es war eine sehr hübsche Frau, aber ihr Gesicht hatte den gequälten Ausdruck einer Geschundenen. Der 'Bruder' nahm ihr die Binde von den Augen und setzte sich wieder auf seinen Platz. Da erhob sich der Sprecher und verkündete:

‚Máire McOlean, du bist des heimtückischen Gattenmordes überführt. '

Bei diesen Worten verfinsterte sich Máires Gesicht, und zu meinem Erstaunen erkannte ich Schuld darin.

‚Darum haben wir dich zum Tode durch Enthauptung verurteilt. Unser Bruder Jeremias wird dieses Urteil vollstrecken. '

Die Brüder im Kreis nickten und murmelten:

‚So sei es. '

Die Männer erhoben sich von ihren Stühlen, ich tat es ihnen gleich. Einer verschwand im Hinterzimmer, sechs andere packten die junge Frau und legten sie rücklings auf den Tisch. Einer schob ihr eine große Rolle unter den Hals. Währenddessen kam der Mann zurück, er trug ein langes Schwert. Er fasste das Schwert mit beiden Händen über dem Schaft und reichte es mir.

‚Nimm dieses Schwert der Rache, Bruder Jeremias, und führe unser Urteil aus. Diese Frau hat einen deiner Brüder getötet, und du hast die beneidenswerte Aufgabe, sie zu richten. ’ Willenlos ergriff ich das Schwert, doch dann konnte ich nicht mehr.

‚Ihr seid nicht meine Brüder’, schrie ich, ‘ich habe euch noch nie in meinem Leben gesehen. ’ Doch die Männer reagierten nicht, sie murmelten im Chor:

‚Richte die Verdammte, Jeremias, richte sie. ’ Gebetsmühlenartig wiederholten sie diese Worte, immer und immer wieder. Wie gelähmt erhob ich das Schwert, unter mir die arme Gattenmörderin, die in diesem Augenblick angstvoll auf die tödliche Klinge starrte.

‚Ich kann sie doch nicht umbringen‘, hämmerte es in meinem Kopf. Dann schrie ich heraus:

‚Ihr seid doch verrückt, ich kann sie nicht umbringen.‘

Das Schwert in meinen Händen wurde schwer, der Raum schwankte, mir schwindelte. Immer schneller rotierte das Geschehen.

∗∗∗

Epilog

Schweißgebadet saß ich im Bett, neben mir die
Landlady, sie hatte den Arm um mich gelegt.
„Ruhig", sagte sie, „du hast geträumt. Es ist nicht
gut, böse Geschichten zu träumen, besser man
erzählt sie."
Der Mann aus Tralee machte eine Pause und
blickte in die Runde. Jetzt erinnerte ich mich auch,
dass er tatsächlich Jeremias McOlean hieß. Es war
totenstill im Pub, jeder wusste, dass seine
Geschichte noch nicht zu Ende war. Dann fuhr er
mit spitzbübischer Miene fort:
„In meinem Herbergsraum fehlte immer noch die
Lampe, die ich in der Nacht auf dem Tisch der
richtenden Brüder gesehen hatte. Ich traute mich
nicht, danach zu fragen. Aber seit jener Zeit konnte
ich wieder Geschichten erzählen. Falls mir einmal
wieder nichts einfällt, erzähle ich die Geschichte
über einen Geschichtenerzähler, der keine
Geschichten mehr erzählen konnte."